탈출

탈출

남유하
조규미
김명
안수언
최상아

그린북

차례

탈출 · 7
남유하

로봇 당번 · 41
조규미

아메바리아 · 73
김명

보호감찰봇 리베라 · 105
한수연

위험한 페르소나 · 145
최상아

"지이, 넌 남자 친구 없어?"

운전석의 엄마가 호기심이 가득한 목소리로 물었다. 아, 부담스러워. 제발 내 사생활에 관심 껐으면.

"왜, 좋아하는 사람 없어?"

나는 미간을 찌푸린 채 고개를 저었다. 좋아하는 사람이라니, 애당초 가상 애인은 사람이 아닌걸.

"연애도 해야지. 혼자 영화만 보니까 자꾸 여드름 나는 거야."

"여드름 아니고 뾰루지거든? 그리고 영화랑 뾰루지가 무슨 상관인데?"

"농담이야. 관심 없으면 안 하는 거지, 뭐. 엄마 아빠도 연애를 잘하는 편은 아니었어. 그래도 이렇게 귀여운 딸 낳고 잘살고 있으니까."

언젠가 엄마 아빠에게 어떻게 만났냐고 물은 적이 있다. 엄마는 메타버스 반, 현실 세계 반이라며 웃었다. 현실 세계에서 엄마와 아빠는 같은 연구소에서 일했고, 서로 호감이 있었는데 알고 보니 가상 세계에서도 연인이었다는 말이다. 심지어 두 사람은 자신과 전혀 닮지 않은 아바타를 썼는데!

"잘 다녀와."

차에서 내려 운동장을 가로질러 가는데, 누군가 내 옆을 휙 지나쳐 갔다. 어깨가 거의 스칠 듯이. 이수현이다. 짧게 자른 머리, 반듯한 어깨……. 나는 그 애의 뒷모습을 보다가 빠르게 발걸음을 옮겼다.

교실로 들어가니 회장 주변에 아이들이 모여 있었다. 우리 반의 흔한 아침 풍경이다. 회장은 이야기꾼이다. 요즘 인기 있는 메타버스 플랫폼인 오라시티 안에서 경험한 일을 아이들에게 재미있게 들려주는 데 소질이 있다.

"오늘 나 학교 안에서 맥스랑 키스했다."

카랑카랑한 회장의 목소리. 아이언 맥스는 요즘 회장이 푹 빠져 있는 남자 친구다. 물론 현실에 존재하지 않는 가상 애인이다. 회장은 아이언 맥스로 도배를 하고 다닌다. 가방에 달린 커다란 인형, 필기구와 노트는 물론, 차고 있는 데이워치도 아이언 맥스의 것과 같은 디자인이다. 교복 안에 받쳐 입은 티셔츠에도 아이언 맥스가 그려져 있다.

"뭐? 학교 오기 전에? 언제? 어디서?"

지호가 장단을 맞췄다. 둘은 우리 반, 아니 전교에서 알아주는 단짝 친구다.

"나 오늘 관악부 연습 때문에 일찍 왔거든. 에어바이크 주차장에 아무도 없어서 살짝."

"주차장에서 오라시티에 접속했단 말이야?"

"그렇다니까. 접속하지 않고서야 맥스를 어떻게 만나겠어."

"와, 다음에 나도 해 봐야지."

"조심해. 학교 안에선 접속 금지야."

회장의 목소리가 작아졌다. 지난 학기까지만 해도 회장의 가상 애인은 레스터였던 것 같은데, 저놈의 아이언 맥스 얘기는 또 언제까지 들어야 할지. 여길 가도 가상 애인, 저길 가도 가상 애인…… 정말 지긋지긋하다. 전부 회장 탓은 아니고 아침부터 엄마가 한 얘기 때문에 더 그런 것 같다.

나는 가상 애인에 관심이 없다. 그렇다고 실제 연애를 하고 싶은 것도 아니다. 또래의 남자애를 보고 멋있다고 생각한 적도 없다. 굳이 구분하자면 연애에 관심이 없는 부류라고 할까.

21세기 중반이었던 4~50년 전만 해도 가상 연애가 대유행이었고, 그 때문에 저출산이 심해진다 어쩐다 말이 많았다고 한다. 요즘은 세기말 현상인지는 몰라도 현실 연애를 하는 사람이 늘어나고 있다니, 연애도 시대에 따라서 유행을 타나 보다. 대신 가상 연애 플랫폼을 기반으로 한 기업들은 새로운 판로를 찾아냈다. 성인이 아닌 학생들—정확히 말하면 학부모들—에게 눈을 돌린 것이다.

 5년 전 '미성년자 감정 조절 및 해소를 위한 임플란트 칩 허용 관련 법률안'이 통과되었다. 우리 도시는 시범 시행 단계부터 '칩'을 적극적으로 도입했다. 그래서 우리 도시에 사는 아이들은 중학생이 되면 팔뚝에 작은 칩을 심는다. 가상 연애만 하기 위해서다. 심어진 칩이 호르몬과 뇌파를 조절해 현실 연애를 막아 준다나? 현실 연애에는 위험 부담이 많다. 아차, 하는 순간 돌이킬 수 없는 사고가 일어날 수도 있고, 나쁜 상대를 만나 안 좋은 일을 당할 수도 있다. 오라시티 안의 가상 애인은 돌발 행동을 하지 않는다. 어른들이 걱정하는 '선을 넘는' 일이 일어날 가능성은 0%. 호기심이 왕성한 시기, 연애를 막을 수는 없으니 안전한 연애를 하라는 취지다.

 당연히 부모들은 만족했다. 아이들은? 더 만족했다. 현실 세계에서는 모든 아이가 연애에 성공할 수 있는 것은 아니다. 짝사랑으로 가슴 아픈 아이들도 있고, 마땅한 상대를 찾지 못하거나, 서로 좋아하면서 고백도 못 하고 끙끙 앓는 경우도 있다. 하지만 가상 연애는 다르다. 누구나 자기가 원하는 이상형을 만날 수 있다. 내숭을 떨 필요도, 밀고 당기기를 하느라 에너지를 낭비할 필요도 없다. 그것뿐이 아니다. 오라시티에서는 단 일 초 만에 티베트 고원에 가서 만년설을 볼 수도 있고, 사할린섬으로 가서 활화산을 구경할 수도 있다. 가상 연애는 학생들에게 가장 효율적인 연애라고 할 수 있다.

물론 모든 사람이 만족한 건 아니다. 청소년기의 가상 연애는 건전한 가치관 형성을 저해하고, 대인 관계에 부정적인 영향을 가져올 거라며 반대하는 이들도 있었다. 특히 발달이 진행되고 있는 청소년의 뇌를 인위적으로 조절함으로써 일어날 부작용에 대한 우려의 목소리도 컸다. 그래도 대다수는 자기 팔뚝에 칩을 심었다. 성인이 되면 어떡하냐고? 칩을 빼거나 그냥 넣고 있거나, 자신의 선택이다.

내 눈이 저절로 창가로 향했다. 아이들이 조용해질 때까지 창밖 풍경이나 볼 생각이었는데 시야에 떡하니 수현이 들어왔다. 햇빛에 반사된 수현의 머리카락이 꿀색으로 빛난다. 동그란 뒤통수를 쓰다듬고 싶다. 헐, 나 미쳤나 봐. 칩이 고장 나기라도 했나. 아니 이건 그냥 호감일 거다. 수현은 옛날 영화의 주인공처럼 멋있으니까.

　나는 수현의 학용품을 찬찬히 보았다. 책상 위에 놓여 있는 필통과 노트, 가방에 달린 키링. 어디를 봐도 가상 애인이 있다는 티는 나지 않았다. 인정한다. 나는 이수현에게 관심이 있다. 하지만 수현이 멋지기만 해서 좋아, 아니 호감이 생긴 건 아니다.

　수현은, 나랑 비슷한 파동을 가진 아이다. 정확히 설명할 수는 없지만 나와 같은 지점에서 감동하는 아이라는 뜻이다. 이런 확신은 학기 초에 생겼다.

　학기 초 특별활동 시간이었다. 담임이 각자 좋아하는 걸 말해 보자고 했다. 서먹서먹한 반 분위기를 깨기 위해 마련한 시간이었나 보다. 아이들 대부분이 자기가 좋아하는 캐릭터를 말하느라 바빴다. 회장은 그때 레스터에 대해 10분이나 말하는 바람에 담임이 나서서 말려야 했다.

　중간쯤 되자 내 차례가 왔고, 나는 옛날 영화와 종이책을 좋아한다며 좋아하는 작품 제목 몇 개를 더듬더듬 말했다. 캐릭터를 말하며 호들갑을 떨던 아이들은 좀 어리둥절한 얼굴로 나를 보았다. 반시계 방향으로 돌아가다 보니 수현은 마지막 순서였다. 그래, 마지막 발표자인 것도 수현다웠어. 나에게 수현은 영화와 소설 속의 주인공 같은 느낌이 있었다.

"저는 에어바이크 타는 걸 좋아합니다. 특히 에어바이크 터널이 아닌 곳, 정해지지 않은 곳을 달리는 게 좋습니다."

오오, 캐릭터 이야기가 아니었는데도 아이들이 손뼉을 쳤다. 그날 이후, 나도 바이크가 갖고 싶다며 얼마나 엄마를 졸랐는지 모른다. 엄마는 아빠에게 허락받으면 사 주겠다고 했다. 아빠는 고등학교에 갈 때까지는 절대 안 된다고 했다. 그래서 나는 아직 바이크가 없다. 하지만 내가 수현과 같은 파동을 가졌다는 건 단순히 바이크를 좋아하는 차원이 아니다. 정해지지 않은 곳을 달리는 것, 그 말이 내 마음속에 있는 줄도 몰랐던 종을 세게 쳤다. 결말이 예측되는 뻔한 이야기를 싫어하는 것도, 오라시티에 별 관심이 없는 것도, 따지고 보면 꽉 짜인 틀 안에서는 재미를 느끼지 못하기 때문이다.

수현과 친해지고 싶었다. 그러나 소심함으로는 누구에게도 지지 않을 자신이 있는 나는, 수현에게 가까이 다가가지 못했다.

사실 나는 중학교에 들어와서 은근한 따돌림을 당했다. 가상 애인이라는 화제에 끼어들지 못한 탓도 있지만, 친구라는 걸 어떻게 사귀어야 하는지 알 수 없었다. 초등학교 때는 아무 생각 없이 어울렸던 것 같은데……. 중학교에 와서는 같은 캐릭터를 좋아하는 아이들끼리 삼삼오오 그룹을 지어 다니곤 했다.

21세기 초 영화를 보면 소녀들이 모여 같이 춤추고 노래하는 장면이 자주 나온다. 하지만 나는 우리 반 아이들이 춤추고 노래하는 모습을 상상할 수 없다. 기껏해야 모여서 캐릭터 찬양이나 하겠지. 이게 다 팔뚝에 심은 이상한 칩 때문인지도 몰라.

엄마는 옛날 영화를 좋아하고 책을 좋아하는 나를 신기하게 생각한다. 어제도 책을 보는 내게 다가와서 말했다.

"책은 오라시티 안에서도 볼 수 있잖아."

"내 방 침대 위에서 볼 수 있는 걸 왜 오라시티에 가서 봐야 해?"

"너 정말 아빠를 닮았나 봐."

"갑자기 무슨 소리야?"

"너 메타버스보다 현실 세계 좋아하는 거 보면 그래."

"응? 아빠는 오라시티 개발자잖아!"

"아빠도 어렸을 땐 꼭 너 같았대. 연필을 칼로 깎아서 쓰는 스타일이랄까. 그래서 오라시티를 다른 메타버스와 차별적으로 설계할 수 있었다는 거야."

"그런가?"

"그럼. 메타버스 안에서 개구리랑 귀뚜라미를 볼 수 있는 건 오라시티밖에 없을걸."

"알아, 알아. 생태계를 결합한 메타버스 오라시티. 자연과 함께하는 오라시티."

나는 오라시티의 광고 문구를 읊었다. 생태계에 관심이 많은 아빠 때문에 나는 어렸을 때 동물의 왕국에 살았다. 우리 집에는 개구리는 물론, 도롱뇽, 이구아나, 물고기, 햄스터, 고슴도치, 앵무새, 문조 등 종을 가리지 않고 다양한 생물이 있었다. 벌레를 키우는 온실이 따로 있을 정도였으니 말 다 했지. 나는 벌레를 끔찍하게 싫어한다. 그러니 내가 아빠랑 닮았는지는 잘 모르겠다. 반드시 닮은 부분을 찾으라고 한다면 옛날 영화와 종이책을 좋아한다는 것 정도일까? 어쨌거나 연애에는 매달리고 싶지 않다. 그러면서도 시선은 수현의 뒤통수에 머물러 있다.

수현과 친해질 기회가 있긴 했다. 여름방학이 시작되기 전, 그 애와 도서관에서 만났다.

"이수현."

반가운 마음에 나도 모르게 큰 소리로 불렀다. 사서 로봇이 나를 보고 눈에 붉은빛을 번쩍거렸다.

"어, 지이구나."

수현이 작은 소리로 말했다.

"너도 종이책 읽어? 몰랐어."

"아, 아니. 동생 읽어 줄 그림책 좀 찾으러."

도서관이 낯설어서인지, 평상시 낭랑한 모습과 달리 당황하는 모습이 귀여웠다.

"그래? 우리 학교 도서관에 그림책은 별로 없는데."

"어, 그렇겠지? 혹시나 해서 와 봤어."

수현의 하얀 볼이 복숭아색으로 물들었다. 도서관을 나갈 때 보니 귀까지 빨개져 있었다. 괜히 잘난 척해서 그 애를 민망하게 만들었나 싶어 후회했다. 그날은 집에 가서 자기를 닮은 어린 동생에게 그림책을 읽어 주는 수현을 상상했다. 내가 아끼는 그림책을 하나 선물하면 어떨까 생각했지만, 역시나 용기가 나지 않았다.

*

수업을 마치고 도서관에 책을 반납하러 가는 길. 창밖으로 운동장을 가로질러 가는 아이들이 보였다. 복도에는 나밖에 없다. 텅 빈 학교에 혼자 있는 기분이다. 고요를 즐기며 천천히 걷는데 관악부실 문이 한 뼘쯤 열려 있었다. 보통은 비싼 악기 때문에 꼭 꼭 닫아 두는데……. 안에 누가 있나 열린 문틈으로 들여다보다가 지호와 눈이 딱 마주쳤다. 지호의 목에 팔을 두르고 입술을 포갠 아이는—뒤통수밖에 보이지 않았지만—회장이다. 나는 으어어, 하는 소리를 내며 문을 닫았다. 쿵쿵, 심장 박동이 귀에서 울렸다. 둘이 지나치게 친한 건 알고 있었지만 진짜로 사귀고 있을 줄이야!

도서관에 들어가서도 마음이 좀처럼 진정되지 않았다. 입구에서 숨을 고르는데 사서 로봇이 물었다.

"대출인가요? 반납인가요?"

"둘 다요."

나는 도서관 안에서 최대한 시간을 끌기로 했다. 금세 나갔다가 회장 커플과 마주치면 곤란하니까.

아무 책이나 두 권 골라 대출하고, 가져간 책을 반납하고 나오는데 복도에 회장과 지호가 버티고 있었다.

"우리 얘기 좀 해."

지호가 내게 가까이 오며 말했다.

"뭘?"

"너도 뭔지 알잖아."

"아니, 난 너랑 할 얘기 없는데?"

내 목소리는 과장된 연기를 하는 신인 배우처럼 들렸다.

"우리가 너한테 할 얘기가 있다고."

어느새 내 앞에 바짝 다가온 회장이 나섰다. 이쯤 되면 나도 피할 수 없다. 따지고 보면 나는 잘못한 게 없다. 아무리 비어 있었다고 해도 그런 짓을 하려면 문을 잘 잠갔어야지.

"알았어. 얘기해."

"여기서는 좀……."

회장이 눈짓으로 내 뒤를 가리켰다. 뒤를 돌아보니 사서 로봇이 눈에 파란 불을 반짝이며 서 있었다. 우리를 녹화하고 있다는 뜻이다.

"그래, 앞장서."

내 말에 지호가 성큼 앞서갔다. 회장도 서너 걸음 뛰어 지호와 나란히 갔다. 나는 묵묵히 그 애들 뒤를 따랐다.

옥상까지 올 거면 엘리베이터를 타지, 계단으로 올 게 뭐람.

나는 옥상의 햇빛을 고스란히 맞으며 눈을 찡그렸다.

회장과 지호는 씩씩하던 기세는 사라지고, 어떻게 말을 꺼내야 할지 모르겠다는 듯 서로를 마주 보고 있었다. 조금 전에 본 광경은 충격적이긴 했지만, 둘의 연애사는 별로 궁금하지 않다. 덥다. 빨리 집에 가서 영화 한 편 보며 시원한 레모네이드나 마시고 싶다.

"얘기해 봐."

내 말에 지호가 팔뚝 안쪽을 보여 줬다. 2센티미터 정도의 붉은 세로줄. 칩을 심은 자리라는 건 알겠는데…….

"나 칩 제거했어."

지호가 말했다.

"나도."

회장도 덩달아 팔을 내밀었다.

"뭐? 어떻게?"

"너도 '탈출'이라고 들어 봤지?"

아이들이 불법적으로 칩을 빼 주는 곳에 가서 칩을 제거하고 현실 연애를 한다는 얘기는 들은 적이 있다. 그걸 탈출이라고 부른다고 했다. 단순히 현실 연애가 궁금해서 탈출하는 아이들도 있고, 가상 연애만 해야 한다는 데 대한 반발심으로 탈출하는 아이들도 있다고 한다. 그렇지만 실제로 내 주변에 있는 아이들이 할 줄은 몰랐다.

"탈추울? 탈출이라고?"

"뭐? 탈출도 몰라? 맨날 어두운 얼굴로 있길래 그런 쪽에 당연히 관심 있을 줄 알았더니."

아무래도 내 격한 반응을 오해한 것 같다. 그건 그렇고 어두운 얼굴이라니, 무례한 말이잖아.

"아, 알아. 나도 안다고."

"어쨌든 우리는 가짜 세상에서 탈출했어. 이제 인공지능이 탑재된 캐릭터 따위에 연애 감정은 들지 않아."

"그래. 우리는 어른들이 걱정하는 것처럼 선을 넘지도 않아. 진짜 연애라고 해서 막 나가란 법은 없잖아?"

관악부실에서의 입맞춤은 선을 넘은 거 아니냐고 말하려다 언쟁이 길어질까 봐 꾹 삼켰다.

"조금 전에는 장난이었어."

내 마음을 읽은 듯 지호가 변명했다. 얼굴이 빨개진 지호를 보니 내 얼굴도 덩달아 뜨거워졌다. 호기심, 장난, 충동. 가상 연애에서는 그런 것들이 불가능하다. 기술적으로는 현실과 전혀 다를 게 없지만, 그곳이 가상 세계라는 걸 내가 알고 있다는 사실에는 변함이 없으니까. 가상 세계에 중독된 사람들은 또 다른 얘기고.

"그럼 회장 너, 아이언 맥스랑 연애담은……."

"일부러 꾸며 낸 이야기지. 아니다. 지호랑 있었던 일을 살짝 각색했다고 해야 하나."

지호가 회장의 옆구리를 쿡 찔렀다. 회장은 옆구리를 움켜쥐고 죽는소리를 했다.

"너희들, 관악부가 아니라 연극부 해야겠다."

내 말에 둘이 히죽 웃었다. 나는 연애에 별로 관심이 없지만 탈출은 하고 싶다. 팔뚝의 칩 때문에 가상현실 캐릭터랑 사랑해야 하는 게 아닌가 하는 시시한 부담감은 사라지겠지.

"아프진 않아?"

"하나도 안 아파."

"하룻밤 자고 나면 좀 가려운데, 모기에 물린 정도라고 봐야지."

"너도 관심 있으면 가 보든가."

둘이 대본이라도 써 놓은 것처럼 번갈아 척척 말했다.

"아니야. 난 관심 없어."

"거짓말."

"너희들처럼 연애할 생각만 하진 않거든."

"누가 연애할 생각만 한대?"

회장이 발끈했다. 하긴 회장과 지호는 관악부 활동도 열심이고, 공부도 잘하는 아이들이다. 어쨌든 집에 가서 영화든 책이든 봐야겠다며 돌아서는데, 옥상에 수현이 나타났다. 이수현이 왜 옥상에 올라왔지?

"정말 탈출하고 싶지 않아?"

수현이 내게 물었다. 듣기 좋은, 단단한 목소리다. 그나저나 쟤는 꼭 눈부신 타이밍에 나타난다. 주인공처럼. 쳇, 그래도 얄밉지는 않다.

"너도 어차피 가상 세계에는 관심 없잖아."

수현이 내게 다가오며 말했다. 내가 그렇게 티를 냈나?

"어, 어떻게 알았어?"

"어떻게 모를 수가 있어? 네가 날마다 온몸으로 시위하고 다니는데."

"시위라니?"

"매일 도서관에 가서 종이책을 빌리고, 캐릭터 굿즈는 하나도 없고, 옛날 영화를 좋아하잖아."

"그건 내 취향일 뿐이라고."

나는 취향이라는 단어에 힘을 주어 말했다. 근데 이수현이 나에 대해 왜 이렇게 잘 알고 있지? 나한테 관심 있나? 에이, 설마.

"나도 마찬가지야. 그러니까 같이 탈출하자."

같이, 라는 말에 심장이 쿵 내려앉았다. '가자'와 '가지 말자' 사이를 왕복하던 바늘이 '가자'에 멈췄다.

"거기 가도…… 꼭 해야 하는 건 아니지?"

"당연하지."

회장이 대답했다.

"그럼 가 볼게. 어딘데?"

"장소는 지호가 알려 줬어."

수현이 주머니에서 꺼낸 종이쪽지를 내 눈앞에서 흔들었다. 조금 구겨진 종이 위에 쓴 반듯한 손 글씨를 보자 가슴이 울렁댔다. 며칠 전 봤던 스릴러 영화에서 주인공이 쓰던 수법이다. 메일이든 메시지든 전자 기기를 이용하면 흔적이 남으니까 종이쪽지를 통해 비밀스러운 정보를 전달하는 것이다.

"가자."

수현이 나를 돌아보며 말했다. 또 계단이냐며 속으로 투덜대는

데, 수현의 발소리가 경쾌하게 들려왔다. 타닥타닥. 나도 리듬을 타며 계단을 내려갔다. 문득 현실 연애란, 어쩌면 계단 같은 게 아닐까 하는 생각이 들었다. 엘리베이터는 층마다 같은 속도로 내려가지만 계단은 다르다. 내 의지에 따라 빨리 갈 수도 느리게 한 계단씩 갈 수도 있다. 우리는 지금 빠르게 내려가는 중이다.

"타."

물건도 주인을 닮는 걸까. 수현의 바이크는 근사했다. 범고래의 등처럼 반짝이는 짙은 보라색 몸체. 햇살이 내리쬐는 부분은 금빛이 감돌았다. 주차장에는 여러 대의 바이크가 있었지만 수현의 바이크만 단연 돋보였다. 나 오늘부터 보라색을 좋아하게 될 거 같아.

"아차, 이거 써야지."

수현이 손잡이에 걸어 두었던 연보라색 헬멧을 내게 씌워 줬다. 그 애의 헬멧은 내게도 꼭 맞았다.

"자, 잠깐. 넌?"

헬멧 안에서 내 목소리가 울렸다.

"응?"

수현이 내 얼굴에 가까이 대고 물었다. 헬멧 창이 있어 다행이다. 내 이마에 난 뾰루지가 보이지는 않겠지.

"넌 헬멧 안 쓰냐고."

"내 건 여기 있어."

바이크 안장을 젖히자 카키색 헬멧이 들어 있었다. 수현은 앞머리를 쓱 넘기고 헬멧을 썼다. 카키색이 잘 어울린다. 그 애가 바이크에 타고 시동을 걸었다. 나도 얼른 뒷자리에 탔다.

"내 허리 잡아."

수현이 아무렇지도 않게 말했다. 나도 아무렇지 않은 척 그 애의 허리를 잡았다. 아까부터 중요한 뭔가를 놓친 듯한 느낌이 드는데 그게 뭔지 잘 떠오르지 않았다.

"간다!"

박력 있는 수현의 목소리와 함께 바이크가 달리기 시작했다. 점점 가속도가 붙고 우리 눈앞에 에어바이크 전용 터널이 나왔다. 터널에는 바이크 레일이 깔려 있다. 좁은 터널에서 경로를 이탈해 사고가 나는 걸 방지하기 위한 레일이다. 우우웅, 귀를 울리는 바이크 소리, 터널 벽의 현란한 광고판……. 이건 너무 신나잖아!

엄마 아빠가 왜 내게 에어바이크를 안 사 준지 알겠다. 이런 기분이라면 바이크를 타고 밤새 달릴 수도 있겠어. 한참 동안 터널 속을 달리던 바이크가 일반 도로로 빠져나왔다. 소리가 사라지고 세상이 고요하게 느껴진다. 정해지지 않은 길을 달리는 건 의외로 평온하다. 그 순간 나는 뭔가를 잊은 듯한 느낌의 실체를 파악한다. 바로 탈출 비용이다. 15만 원 이상이라면 내 데이워치로는 감당할 수 없을 것이다.

"수현아."

"응?"

"탈출하는 거 비싸지 않아?"

"응?"

아무래도 앞에서는 잘 들리지 않나 보다. 나는 큰 소리로 외쳤다.

"탈출 비용, 얼마냐고."

"무료."

수현도 큰 소리로 말했다.

"무료라고? 정말?"

"가상 연애 칩을 심는 일에 반대하는 사람들이 운영한대."

"우리, 팔려 가는 건 아니겠지?"

"그게 무슨 말이야?"

마침 신호에 걸려 뒤돌아본 수현이 눈을 크게 뜨고 물었다.

"아니, 거기 가면 사이보그가 된다거나 기억이 지워져서 어디로 보내지는 게 아닐까?"

수현이 크게 웃음을 터트렸다. 분명 나를 놀리는 웃음이다. 얼굴이 확 달아올랐다. 사이보그 얘기는 하지 말아야 했는데.

"걱정하지 마. 어디로 가든 내가 옆에 있을 테니까."

신호가 바뀌고 수현이 에어바이크를 출발시켰다. 내가 옆에 있을 테니까, 라는 말에 마음이 편해진다. 수현이라면 믿어도 될 것 같다.

"다 왔다."

"여기……라고?"

회장이 준 주소대로 찾아온 곳은, 공포 영화에나 나올 법한 허름한 건물이었다. ㄷ자 모양 건물 가운데에는 아무렇게나 자란 나무들이 있었다. 우리 도시에 이런 곳이 있다는 것도 놀라운데 이곳에서 불법적인 일을 하다니……. 아무리 수현과 함께라도 좀 무섭다.

"여기 정말 범죄자 소굴 같아."

수현은 내 속삭임에 대꾸하지 않고 앞장서 갔다. 또 쓸데없는 말을 해 버렸네. 쯧, 혀를 차며 건물 안으로 들어섰다. 건물 안에는 골조가 그대로 드러나 있었다. 낡은 잠수함 안에 들어가 본 적은 없지만, 그 안에 들어온 기분이다. 습하거나 먼지 냄새가 날 거란 예상은 틀렸다. 안에서는 연한 약품 냄새와 쇠 달구는 듯한 냄새가 났다. 선뜻 나아가지 못하자 수현이 손을 내밀었다. 하얀 손목 안쪽에 파란 혈관이 비쳐 보였다.

"손을 잡으라고?"

내가 생각해도 바보 같은 질문이었다. 수현이 내 손을 낚아챘다. 나는 이끌리듯 좁은 복도로 나아갔다. 복도 양쪽에는 교실 절반만 한 크기의 방들이 있었다. 각각의 방은 유리로 되어 안이 다 보였다. 중고 안드로이드를 조립하는 방이 있는가 하면, 바로 옆 방에서는 안드로이드를 분해하고 있었다. 군데군데 용접을 하는 곳에서는 새하얀 불꽃이 튀어 올랐다. 마치 평행 세계에 있는 다른 도시에 온 듯했다. 긴장된다.

복도 끝까지 가서 오른쪽으로 돌자 계단이 나왔다. 그 옆에 낡은 엘리베이터가 있지만 별로 타고 싶지 않았다. 수현도 당연히 계단으로 가겠지. 그런데 그 애가 엘리베이터 버튼을 눌렀다. 아까는 7층에서도 걸어 내려오더니.

"겨우 한 층인데?"

"그냥, 이런 구식 엘리베이터 타 보고 싶었어."

띵 하는 소리가 나며 엘리베이터 문이 열렸다. 몹시 낡고 좁다는 것 말고는 구식 엘리베이터도 별다를 건 없었다. 벽에 붙은 오래된 거울에 나와 수현의 얼굴이 비쳤다. 닮은 듯 다른 모습. 수현과 나는 동시에 서로를 마주 봤다. 수현의 볼이 조금 붉어진 것 같았다. 냉방 시설도 없는 엘리베이터 안이 덥긴 했다.

"어느 쪽으로 가야 하지?"

엘리베이터에서 내린 내가 물었다. 아무래도 나는 묻는 역할인가 보다. 주인공은 역시 수현. 분하다는 마음은 들지 않았다.

"글쎄, B162호니까……."

수현도 조금 긴장한 목소리였다. 아무리 겁이 없다 해도 결국 열다섯, 나랑 동갑내기니까.

"이쪽으로 가 보자."

나도 조금은 주도권을 갖고 싶어 성큼 발을 내디뎠다. 순간 발에 뭔가 푹신한 것이 닿았다.

"으악!"

나도 모르게 큰 소리를 질렀다.

"무엇을 도와 드릴까요?"

타원형의 털북숭이 기계가 기지개하듯 안테나를 세우며 우리 눈높이로 떠올랐다. 안내 로봇이다. 수현이 신기하다는 얼굴로 말했다.

"이거 우리 엄마 어릴 때 유행했던 건데."

"나도 엄마 앨범에서 봤어."

엄마가 어렸을 때 쇼핑몰에서 찍은 사진에 이렇게 생긴 안내 로봇이 있었다. 사진 속의 로봇은 선명한 민트색 털을 갖고 있었는데 우리 눈앞에 있는 로봇은 때가 타서 청회색으로 보였다.

"좀 못생긴 거 같지 않아?"

수현이 털북숭이의 안테나를 건드리며 장난스럽게 말했다. 어른스럽다고만 생각했는데 뜻밖의 모습이다.

"저도 귀가 있거든요."

털북숭이가 새침한 목소리로 말했다.

"미안, 미안, B162호를 찾고 있어."

수현의 목소리에 웃음기가 배어 있었다.

"따라오세요."

털북숭이가 날아갔다. 그 뒤를 따라가자니 먼지가 풍기는 것 같아 방정맞게 손부채질을 했다. 수현이 나를 보고 활짝 웃었다. 그 애의 미소를 보니 나도 긴장이 풀어졌다.

"여기입니다."

임무를 마친 털북숭이가 내 옆으로 지나갔다. 우리 눈앞의 회색 문에는 B162라고만 쓰여 있었다. 다른 방들과 달리 불투명한 유리로 되어 있어 안이 보이지도 않았다. 나는 얼른 문 옆에 있는 인터폰을 눌렀다. 수현에게 더 적극적인 모습을 보이고 싶었다.

"누구세요."

"지호의 소개로 왔어요."

"지호?"

"반디 중학교 최지호요."

수현이 덧붙이자 문이 열렸다. 우리는 손을 꼭 잡은 채—어느새 수현의 손을 잡는 게 어색하지 않았다—안으로 들어갔다. 안은 생각보다 넓었다. 응접 테이블도, 무시무시한 수술대도 없었다. 얇은 커튼으로 나뉜 공간 뒤에 치과에서 보던 것처럼 생긴 의자가 하나 있을 뿐이었다.

"지호 소개로 왔다고?"

철제 책상에 앉아 있던 여자가 물었다.

"네."

수현과 내가 합창하듯 대답했다.

"잘 왔어. 미래를 이끌어 나갈 청소년들이구나."

여자가 우리를 귀엽다는 듯 바라봤다. 우리를 애 취급하기에는 너무 젊다 못해 어려 보이지만 딱히 반박하고 싶진 않았다. 하지만 조금 실망스럽기는 했다. 영화에서 보면 이런 지하 연구소에서 일하는 박사들은 겉모습도 좀 특이하던데. 사이보그로 개조한 한쪽 눈까지는 아니더라도 커다란 고글 같은 거라도 쓰고 있어야 하지 않나? 하지만 그저 평범한 은테 안경을 쓰고 있을 뿐이었다.

"표정이 왜 그래? 문어 마녀라도 상상한 건 아니지?"

여자가 물었다. 수현의 표정은 평소와 다를 바 없으니 내 얘기겠지만 나는 시치미를 떼고 딴청을 피웠다.

"너 말이야."

여자가 들고 있던 펜으로 나를 가리켰다.

"아, 아니에요."

나는 두 손을 가슴 앞에서 흔들었다.

"너부터 할래?"

"네?"

"탈출하러 왔잖아."

"아……."

누구부터 할지는 미처 생각하지 못했다. 나는 경우의 수를 미리 계산하지 못한 문제 앞에서는 머리가 하얘진다.

"탈출 방법은 아주 간단해. 팔뚝 안쪽에 마취 주사를 놓고, 메스로 2센티미터 정도 가르고 칩을 뺀 다음, 피부 접착제를 바르면 돼. 일주일 후면 칩을 없앤 흔적도 깨끗이 사라질 거야. 너희가 칩을 심었을 때처럼 말이지."

여자가 친절한 미소를 지었다. 나도 따라 웃으려 했지만 얼굴 근육이 굳어 겨우 앞니만 드러내고 말았다.

"저부터 할게요."

수현이 나섰다. 후유, 수현이 눈치채지 않게 몰래 한숨을 쉬었다.

이럴 줄 알았으면 내가 먼저 할 걸 그랬다. 커튼 뒤로 비치는 희미한 실루엣과 간간이 들리는 작은 소리가 더 무서웠다. 식은땀이 났다. 교복 등이 축축해진 느낌. 시계를 봤다. 겨우 3분밖에 지나지 않았다. 세 시간, 아니 3년은 지나 버린 것 같은데.

커튼이 젖혀지고 수현이 의자에서 일어났다. 얼굴빛은 약간 창백하다.

"많이 아파?"

"아니, 하나도 안 아파."

거짓말. 속으로 생각하는데 여자가 나를 보고 턱짓으로 앉으라는 시늉을 했다. 나는 치과에 갔을 때와 비슷한 기분으로 입술에 잔뜩 힘을 주고 의자에 앉았다. 앉고 보니 치과 의자랑은 조금 달랐다. 양쪽 팔 받침대에 팔을 고정할 수 있는 장치가 있었다. 나는 오른팔 안쪽이 보이게 받침대에 올려놓았다. 윙, 하는 소리를 내며 받침대의 고정 밴드가 내 오른팔을 조였다. 공연히 긴장되어 고개를 돌렸다. 은색 쟁반 위에 수현의 칩이 보였다. 딱정벌레처럼 생긴 칩의 끝에는 빨간 피가 맺혀 있다. 수현은 피 색깔도 예쁘구나.

"오른팔에 칩을 심었네. 왼손잡이구나?"

"네."

"나도."

"주사기, 오른손에 드신 거 아니에요?"

"난 오른손도 쓰고 왼손도 써. 너도 그렇지 않아?"

여자의 말이 맞는다. 나는 왼손잡이지만 오른손도 제법 잘 쓴다. 오른손, 왼손이 하는 일은 어느 정도 정해져 있다. 예를 들어 밥 먹을 때는 왼손을 쓰는데 가위질을 할 때는 오른손을 쓰는 식이다. 여자가 시원한 솜으로 시술할 자리를 닦았다.

"좀 따끔할 거야."

내 오른팔에 주삿바늘이 들어갔다. '따끔'보다는 더 아프지만 입술 사이로 바람 빠지는 소리만 내고 말았다.

"마취될 때까지 잠깐만 기다리자."

속으로 숫자를 세기 시작했다. 하나, 둘, 셋, 넷, 다섯……. 시선은 수현의 몸에서 나온 칩에 고정되어 있었다. 딸깍, 여자가 메스를 드는 소리가 들렸다. 살이 갈라지고 핀셋으로 칩을 집어내는 느낌. 아프진 않다. 딱. 칩이 반대쪽 쟁반 위에 떨어지는 소리.

"자, 끝났다. 이제 너희는 탈출한 거야."

"감사합니다."

나는 또 앞니만 드러낸 어색한 웃음을 지었다.

"안 아팠지?"

의자에서 내려온 내게 수현이 물었다.

"주사가 아팠어."

어리광 섞인 말투로 말하고 금세 후회했다. 나를 유치한 아이라고 생각하면 어찌지? 다행히 수현은 안쓰럽다는 듯 나를 바라봤다.

탈출 35

"나중에 관심 있으면 언제든 찾아와. 우리는 이제 잠재적 동지야."

여자가 우리에게 작은 책자를 나눠 주며 말했다. 표지에는 아무것도 쓰여 있지 않았다.

"동지요?"

책에서만 읽던 동지라는 말을 귀로 들으니 어쩐지 어색했다.

"응. 가짜 연애에 반대하는 동지."

헤헤헤, 빨리 나가려고 억지웃음을 지을 때였다.

"저는 딱히 반대하는 건 아니에요."

수현이 또박또박 말했다.

"응?"

"저는 가상 연애에 반대할 생각은 없어요. 그건 각자 취향의 차이고, 선택의 문제니까요."

"그렇긴 하지. 너희들은 진짜 연애를 선택한 거고."

여자가 턱을 괴고 재미있다는 표정을 지었다.

"맞아요. 저랑 지이는 가상 연애에 흥미를 못 느꼈을 뿐, 거부감을 느끼지는 않아요. 가상 연애를 하고 싶으면 가상 연애를, 현실 연애를 하고 싶으면 현실 연애를 하면 되는 거예요. 연애하고 싶지 않다면, 그것도 그 사람의 선택이고요. 그렇지, 지이야?"

"응? 응."

나는 수현의 말에 동의한다는 의미로 고개를 마구 끄덕였다.

"미안, 나도 내 생각을 강요하려던 건 아니야."

"그래도 여러 사람의 생각을 듣고 배우는 건 좋아해요. 나중에 이 친구랑 같이 들를게요."

수현의 말의 핵심은 '여러 사람의 생각을 듣고 배운다'에 있다는 걸 알면서도 나는 '이 친구랑 같이'에 꽂혀 버렸다. 나랑 같이 여기에 오겠다는 건, 앞으로도 나랑 친하게 지내겠다는 말이잖아. 침을 빼낸 팔뚝의 마취가 풀리는지 약간 얼얼했지만 그보다 더 얼얼한 건 내 마음이었다.

*

건물 밖으로 나온 우리는 잠시 바람을 맞으며 서 있었다. 7월에 어울리지 않는 강풍이다. 쏴아아, 쏴아아, 바람이 불 때마다 나뭇잎들이 부딪히는 소리가 들렸다. 벤치라도 있으면 앉았다 가자고 할 텐데.

"소나기 오려나?"

수현이 구름 낀 하늘을 보며 혼잣말하듯 중얼거렸다. 소나기가 쏟아져도 괜찮겠다. 나는 비가 자주 오는 이맘때면 항상 우산을 갖고 다닌다.

"이제 어쩌지?"

수현이 이번에는 나를 보며 말했다. 순간 머릿속에 몇 가지 선택지가 떠올랐다. 카페 갈래? 배고프지 않아? 간단히 뭐 좀 먹으러 갈까? 좀 걸을래? 아, 마지막은 바이크 때문에 제외.

"집에 가야지."

정작 입에서 튀어나온 말은 정말 한심했다. 집에 가야지, 라니 수현과 친해질 기회를 이렇게 날려 버리겠다는 거야? 수현이 어이없다는 얼굴로 나를 빤히 바라봤다. 그래, 나도 내가 어이없어.

"아니, 내 말은 널 어쩌냔 말이야."

"날? 뭘? 아, 집에 데려다주지 않아도 돼."

훗, 수현이 코로 웃었다. 내가 너무 당황한 티를 냈나?

"눈치 없는 건 여전하구나."

"내가? 눈치 없다고?"

"응. 나, 학기 초부터 널 좋아하고 있었어."

"뭐?"

"널 좋아한다고. 근데 칩을 뺐으니, 이제 널 좋아하는 정도가 아닐 텐데."

그때 수현의 교복 치마가 바람에 날렸다. 청록색 천이 서서히 부풀어 올랐다가 수현의 무릎 위에서 파라락 떨렸다. 내 심장도 천 조각처럼 얇아진 듯 팔락거렸다. 우리 반, 아니 우리 학교에서 가장 멋진 친구에게 고백을 받다니! 그제야 나는 깨달았다. 이 이야기의 주인공은 수현이 아닌 나라는 걸. 눈치 없는 주인공, 자기가 원하는 것도 잘 모르는 주인공, 이리저리 치이지만 끝내 사랑을 이루는 주인공…….

나는 태어나서 처음으로 내가 할 말이 무엇인지 확신할 수 있었다.

"사실은, 나도 널 좋아해."

내 말이 끝나기도 전에 수현의 입술이 내 입술에 맞닿았다. 세상의 소음이 사라지고 그 애의 속눈썹이 떨리는 소리만 들렸다. 가상 연애가 아닌, 진짜 연애의 시작이다.

어느 날 작업실에 두 아이가 찾아왔어요. 멋진 보라색 바이크를 타고요! 교복을 입고 손을 꼭 맞잡은 아이들이 제게 말했죠. "탈출하고 싶어요." 자기들은 모두가 가상 연애를 하는 세상에서 왔다나요. 탈출하려면 칩을 빼내야 한다는 것도 알려 주었어요. 저는 제가 할 수 있는 일을 했고, 그 애들이 행복해진 것 같아 기분이 좋습니다.
굳이 따지자면 저도 '탈출파'지만 가상 연애가 나쁘다고 생각하진 않아요. 그래서 다음에는 탈출하지 않는 아이들의 이야기를 그려 보고 싶습니다.

_남유하

로봇 당번

조규미

1

도착한 메시지를 보고 가슴이 두근거렸다. 발신자는 탐사본부였다.

귀하는 15팀에 배정되었습니다. 개인 물품과 본부에서 나눠 준 탐사 배낭을 챙겨 10시 10분까지 집합 장소로 오시기 바랍니다.

15팀이라면 타스 선배가 맡고 있는 팀이다. 내가 15팀에 배정되었다고 하자 우리 학교 출신 교육생들이 부러운 눈길로 쳐다봤다. 타스는 나보다 3년 선배로 올해 초 탐사 실습 팀을 이끄는 팀장으로 발탁되었다. 탐사본부에서 일찌감치 능력을 인정받은 모양이었다. 타스가 담당했던 교육생들 대부분이 좋은 점수를 받았다고 들었다.

물론 우리 학교 학생들 중에는 타스를 싫어하는 사람들도 있다. 한번 목표를 세우면 반드시 이루려고 하기 때문에 동료들에게 빡빡하게 굴고, 상황에 맞춰 타협하지 않다 보니 어떤 때는 독불장군 같다는 것이다. 하지만 그것은 뒤처진 자들의 투정이라고 생각한다. 탁월한 능력이 부러우니 어떻게든 깎아내리려는 것이다.

집합 장소인 모노레일 승강장에 일찌감치 도착했다. '15'라고 쓰여 있는 팻말 쪽으로 발걸음을 옮기는 동안 지난 보름간 교육받으며 눈에 익은 얼굴들이 보였다. 하지만 그들의 이름이나 소속은 모른다. 이곳에서 교육받는 동안에는 활동명을 사용하기 때문이다. 내 활동명은 해일. 어렸을 적에 본 영화의 배경이 된 행성의 이름이다. 주인공이 우주선을 타고 해일이라는 행성에 도착해서 벌어지는 사건을 담은 영화였는데, 활동명을 정할 때 갑자기 떠올라서 그 이름을 붙였다.

우리는 지금 달에 있는 동굴을 탐사하는 '인빈서블 프로젝트'의 교육 프로그램에 참여하고 있다. 우주항공국이 프로젝트를 홍보하고 잠재력 있는 인재를 발굴하기 위해 만든 프로그램인데, 우리 학교에서는 진과 나를 포함해 다섯 명이 참가했다. 한 달간의 캠프에서 좋은 성적을 내는 교육생에게는 실전 탐사에 함께할 수 있는 기회를 주기 때문에 많은 학생들의 관심을 모았다.

이곳에 온 첫 주에는 달 탐사에 관한 기본 교육을 받았다. 그다음에는 배운 내용은 물론이고 내가 알고 있는 모든 지식을 탈탈 터는 것 같은 강도 높은 테스트를 치렀다. 그리고 지난 3일 동안 기초 체력 훈련을 했다. '나'란 인간의 정신적, 신체적 데이터를 적나라하게 본 기분이었다. 시험 점수와 체력 훈련 결과 그리고 오늘부터 시작하는 열흘간의 탐사 실습 점수를 합쳐 최종 평가를 받게 된다. 그 평가에서 상위 30퍼센트 그룹에 속해야만 교육생들의 목표인 달 탐사 후보군에 이름을 올릴 수 있다.

탐사복을 입은 타스 선배가 팻말 아래에서 팀원들을 기다리고 있었다. 그는 팔목에 장착한 탐사 메신저로 통신 중이었는데, 못 본 사이에 체격이 더 단단해진 것 같았다. 10시 10분이 되기 전에 모든 팀원이 모였다. 다들 자신의 활동명을 가슴에 붙이고 있었다. 진, 버블, 치온, 네이예 그리고 나까지 5명. 같은 학교를 다니는 진 외에는 모두 낯선 얼굴이었다.

타스까지 포함해 15팀은 여섯 명이었다. 아, 거기에 하나 더. 동굴 탐사에 최적화된 로봇, 인브9.0이 함께 가기로 되어 있다. 둥근 공 모양의 인브9.0은 실제 탐사에 사용되는 고성능 로봇은 아니지만 동굴 안을 다니며 위험 요소를 감지하고 주변 지형을 촬영할 수 있어서 교육용으로 적합한 로봇이었다. 그런데 아직 우리 팀에는 도착하지 않았다. 타스 선배가 여기저기로 연락하는 소리를 들으니 우리 팀에 배정된 인브에 문제가 생긴 모양이었다. 타스가 미간을 잔뜩 구기며 심각한 표정을 짓는 게 예감이 좋지 않았다.

우리 다섯 명의 팀원들은 다른 팀들이 통성명을 하고 유쾌하게 파이팅을 외치는 소리를 들으며 모노레일 승강장에 어정쩡하게 서 있었다. 출발 시간이 임박하면서 교육생들을 태울 모노레일이 하나둘 도착했다. 타스가 메신저를 끊으며 말했다.

"우린 인브 없이 간다."

뭐? 로봇 없이 간다고? 말도 안 된다. 지난주 교육 시간에 달 탐사에서 로봇이 얼마나 중요한 역할을 하는지 배웠다. 로봇의 도움을 받지 못하면 우리 팀만 불리할 것이 뻔했다. 실습 점수는 총점에 큰 영향을 미치고 이 결과는 교육생들의 진로 결정에 영향을 미친다. 만에 하나라도 로봇이 없어서 나쁜 점수를 받으면 너무 억울할 것 같았다. 하지만 내 생각을 말할 수 없었다. 타스에게 초장부터 밉보이기 싫었기 때문이다. 그리고 설마 똑똑한 타스가 말도 안 되게 불리한 선택을 할까 싶었다. 그때 누군가가 용감하게 질문했다.

"그게 무슨 말이에요?"

가슴 왼쪽 상단에 '치온'이라는 이름을 붙이고 있는 애였다. 그 애의 태도를 보니 타스에 대해서 전혀 모르는 것 같았다.

"말 그대로야. 로봇 없이 우리끼리 간다고. 그동안 인브 써 봤는데 별 도움도 안 돼."

"그러면 우리가 손해잖아요. 인브 없이 출발하는 거 전 반대예요."

치온이 받아들일 수 없다는 듯이 단호한 표정으로 말했다. 그 광경을 보던 진이 내게 눈짓을 했다. 진도 나와 똑같은 생각을 하는 것 같았다. 저 애, 정말 눈치 없네. 지금 타스와 대결하겠다는 건가?

타스가 치온에게 다가갔다. 그러자 타스보다 머리 하나가 작은 치온이 뒷걸음질 쳤다.

"불리할 일은 없어. 인브 없이 가는 대신 추가 점수를 받기로 했으니까. 어쩌면 최고 성적을 낼 수도 있지. 너희가 내 말만 잘 듣는다면 말이야. 그리고 지금 출발 못 하면 모든 계획에 차질이 생겨."

"하, 하지만 동굴 속은 위험하잖아요. 인브가 길잡이 역할을 해 준다고 들었는데……."

치온이 말꼬리를 흐렸지만 이미 본부와 통신할 때부터 신경이 날카로워진 타스는 위압적인 태도로 우리를 둘러보며 말했다.

"물론 위험하지. 어둡고 축축한 데다가 종일 걸으니까 힘들고…… 아주 좆같지."

타스가 잡아먹기라도 할 기세로 노려보자 치온은 시선을 피했다.

"같이하고 싶지 않으면 빠져. 말리지 않을게."

그러자 치온이 어깨를 움츠리고 울 듯한 표정으로 말했다.

"우리만 인브 없이 동굴에 들어가는 건 불공평해요. 본부에 다시 연락해서……."

나는 재빨리 타스의 눈치를 살폈다. 아니나 다를까 타스가 굳은 얼굴로 말했다.

"아니, 팀장으로서 명령한다. 활동명 치온, 넌 팀에서 빠져. 탐사 교육은 일사불란하게 진행되어야 하는데 자꾸 불만을 갖는 팀원이 있으면 안 돼."

빠, 빠지라고? 어떻게 얻은 탐사 기회인데 겨우 그 정도 일로……? 모두들 깜짝 놀라 두 사람을 지켜보았다. 날벼락 같은 소리에 치온 역시 얼굴이 벌게졌다. 어제 사전 교육을 받으며 들었던 내용이 떠올랐다. 모두의 안전을 위협하거나 과제 수행에 현격한 방해가 될 경우 팀장의 권한으로 퇴출시킬 수 있다. 하지만 이 상황은 그런 게 아니지 않나?

다들 침묵을 지키고 있는 가운데 다른 팀들이 박수를 치거나 웃는 소리가 간간이 들렸다. 다들 동굴 탐사를 앞두고 들뜨고 화기애애한 분위기인데, 우리 팀만 금이 가기 시작한 살얼음판 위에서 있는 것 같았다. 침묵을 깨고 누군가 입을 열었다.

"그건 부당해요."

이번에는 여자 목소리였다. '버블'이라는 이름표를 단 아이였는데, 몸집이 자그마하고 목소리도 작았다. 우리 팀의 유일한 여자 교육생이었다. 타스의 표정이 더욱 일그러졌다. 나는 속으로 외쳤다. 아, 다들 왜 이러냐! 조용히들 하고 타스가 하라는 대로 하자, 제발!

타스가 버블을 쳐다보았다. 그런데 그 눈빛이 치온을 쳐다볼 때와는 달랐다. 조금 전에는 조롱하고 야유하는 눈빛이었다면 이번에는 장난기가 싹 사라진 서늘한 눈빛이었다.

"부당하다? 동굴에서는 아주 사치스러운 말이지. 너희들 동굴 탐사를 어디 쇼핑하러 가는 것쯤으로 생각하는 모양인데, 정신들 차려. 여기는 손가락 몇 번 움직여서 모든 것을 해결하는 세상과는 다른 곳이야."

"그러니까 더욱더 한마음으로 뭉쳐야 하는 거 아닌가요? 모두를 위험에 빠트린 것도 아닌데 빠지라고 하는 것은 옳지 못하다고 생각해요."

아, 정말 상황 파악이 안 되는 모양이다. 버블이라는 애도 타스에 대한 정보가 전혀 없는 것이 분명했다. 참 나, 바보 같은 애들이랑 같은 팀이 되는 바람에 이 난리네. 다들 입 닥치고 타스가 하라는 대로 하라고! 속으로는 이렇게 외쳤지만 정작 입 밖으로는 한마디도 내지 못한 채 눈치만 보았다. 곧 타스가 어이없다는 듯이 코웃음을 쳤다.

"뭐가 옳고 뭐가 그른지 따지기 전에 배워야 할 게 있어. 로봇이 그렇게 필요하다면 누군가 로봇이 되면 돼. 활동명 버블, 너는 이제 우리 팀의 로봇이다. 인브가 해야 할 일을 맡아서 해. 네가 로봇이 되는 조건으로 치온을 데려가겠다."

모두들 무슨 말인지 몰라서 서로의 얼굴만 쳐다봤다. 버블이 무어라고 말을 하려고 했지만 타스는 무시하고 자기 말만 했다.

"무슨 소린지 몰라? 우리는 인브 없이 들어간다. 버블이 인브가 해야 할 역할을 대신한다. 팀장으로서 내리는 첫 번째 명령이야."

버블이 당황한 표정으로 타스를 바라보았다.

"어려울 거 하나 없어. 곧 본부에서 단말기 하나를 가져올 거야. 그걸 네가 장착하고 있다가 경고 알람이 울리면 확인하면 돼. 원래 인브가 하는 일이 여기저기 굴러다니면서 주변에 위험한 게 있으면 알려 주는 거니까. 설마 인간이 로봇보다 못하다고 생각하는 건 아니겠지?"

버블의 눈동자가 흔들렸다. 치온이 고개를 푹 숙였다. 다들 아무 말도 못 한 채 서 있자 타스가 더욱 의기양양한 목소리로 말했다.

"자, 로봇의 3원칙을 상기시켜 줄게. 첫째, 로봇은 인간에게 해를 끼쳐서는 안 돼. 둘째, 첫째 원칙에 위배되지 않는 한 인간이 내리는 명령에 복종해야 해. 마지막으로 첫째와 둘째 원칙에 위배되지 않는 선에서 자신을 보호하는 거야. 알았지? 누구든 로봇이 될 수 있다는 점 잊지 말고."

버블은 아무 대답도 하지 않고 가만히 서 있었다. 무슨 생각을 하는 걸까? 긍정도 부정도 하지 않은 채 무표정하게 있는 모습이, 그 순간 진짜 로봇이라도 된 것 같았다.

2

우여곡절 끝에 우리 팀을 태운 모노레일이 출발했다. 다른 팀이 모두 출발한 다음에도 30분이 더 지체된 후였다.

본부에서 인브 대신 원통형 단말기를 보내왔다. 타스 말로는 인브의 여러 기능 중 탐사 교육에 활용되는 것은 지표면 아래를 스캔하고 주변 지형을 살피는 위험 감지 프로그램인데, 이 단말기가 똑같은 역할을 하는 장치니까 그걸 가지고 동굴에 들어가면 된다는 거였다.

버블은 아무 말 없이 자신의 주먹보다 큰 원통형 단말기를 탐사복 벨트에 장착했다. 치온은 짐울한 표정으로 그것을 지켜봤다.

동굴 탐사용 랜턴이 달린 헬멧을 쓰고 팔목에 길쭉한 탐사용 메신저를 부착한 채 배낭까지 멘 터라 무언가 하나를 더 달고 가는 것이 쉽지 않은 일이었다. 하지만 버블은 불편하거나 무겁다는 기색 없이 모노레일에 올라탔다. 나는 진과 함께 뒤쪽 칸에 앉았다. 내가 깊게 한숨을 쉬자 진이 맞장구치듯이 고개를 절레절레 흔들었다. 진이 있어서 그나마 다행이었다.

모노레일이 동굴 서쪽에 위치한 D게이트에 도착했다. 각 팀마다 다른 루트로 들어가기 때문에 우리가 들어가는 통로에는 우리 팀밖에 없었다. 타스는 조금 전에 있었던 일들을 모두 잊어버린 듯이 활기찬 표정으로 주의 사항과 우리 팀이 수행할 과제에 대해 설명했다. 그제야 내가 알고 있던 타스 선배로 돌아온 것 같아서 마음이 조금 놓였다.

"탐사 메신저에서 현 위치를 확인한다. 그리고 오늘 가야 할 지점과 동선을 확인한다."

다들 팔목에 부착한 메신저 화면에 동굴 지도를 불러온 후 타스가 정해 주는 자기 임무를 확인했다. 마지막으로 타스가 버블에게 말했다.

"위험 지형 알람, 계속 살펴봐."

버블이 단말기를 꺼내 들며 고개를 끄덕였다. 우리는 타스가 정한 대로 대열을 맞춰 섰다. 타스와 버블이 맨 앞, 가운데는 치온과 네이예가, 그다음에 진과 내가 섰다.

"해일."

진이 나를 부르더니 동굴 위쪽을 가리켰다. 그곳에 카메라가 있었다. 둘러보니 동굴 곳곳에 카메라가 설치되어 있었다. 우리가 탐사 교육을 받고 있는 동굴은 원래 하루에도 수천 명의 관광객이 찾아오는 유명한 관광지였다고 한다. 총 길이가 10킬로미터에 달하고 여러 가지 특이한 지형이 많아 다양한 볼거리가 있는 곳이었다. 하지만 최근 들어 관광객이 줄어드는 상황에서 인빈서블 프로젝트가 발표되었고, 그 후 이곳은 달에서의 동굴 탐사를 위한 거대한 실험실이자 훈련장으로 탈바꿈했다. 곳곳에 설치된 카메라는 연구원과 교육생의 탐사 활동을 촬영하고 있는데 이는 탐사본부에서 실시간으로 모니터링되었다. 교육생에 대한 평가 자료로 사용되는 동시에 혹시나 동굴에서 생길 수 있는 비상 상황에 대비한 것이다.

한 시간쯤 들어가자 동굴 환경에 제법 익숙해졌다. 오늘의 과제는 동굴의 공기와 토양의 성분을 분석하는 것이었다. 우리는 배낭에서 분석 키트를 꺼내 과제를 시작했다. 점심 식사 시간은 따로 없다. 휴식 시간에 영양 바를 씹으며 해결해야 한다.

탐사 프로그램에 다녀온 선배들에게 귀에 박히도록 들었던 소리가 '군대 같다'는 이야기였다. 갑자기 위험한 상황에 빠질 수 있기 때문에 리더의 명령에 따르고 불만이 있어도 참아야 한다는 것이었다.

우리는 꼭 필요한 말 외에는 대화도 나누지 않았다. 앞쪽에서 가고 있는 버블은 굳은 표정으로 타스의 명령대로 움직였고 치온 역시 내내 풀 죽은 얼굴이었다. 네이예는 다른 아이들에 비해 운동 신경이 둔해 보였는데, 미끄러운 동굴 바닥에서 몇 번 미끄러질 뻔하더니 다른 데 신경을 쓸 여유가 없어 보였다. 나와 진만 조그맣게 이야기를 주고받았을 뿐이다. 타스가 잡담 금지를 명령한 것은 아니지만 다들 조심스럽게 행동했다.

첫째 날이라 그런지 과제 수행이 어렵지 않았다. 내심 싱겁다는 생각이 들 정도로 쉬운 과제였다. 동굴에 들어온 지 일곱 시간이 지났을 즈음, 아이들이 손목에 부착하고 있는 메신저에서 알람이 울렸다. 탐사 종료 30분 전을 알리는 소리였다. 동굴 지도를 확인해 보니 우리의 최종 도착지인 G게이트까지 17분 소요되는 것으로 나왔다.

"자, 밖에 나가면 과제 수행한 것을 전송한 뒤 모노레일에 탑승한다."

우리는 모두 타스의 말에 따라 움직였다. 돌아가는 모노레일에 몸을 싣자 긴장이 풀리면서 엄청난 허기가 느껴졌다. 그렇게 우리는 탐사 첫날을 보냈다.

다음 날 탐사는 P게이트에서 시작되었다. 둘째 날이 되니까 분위기가 조금 부드러워졌다. 진이 내게 가벼운 농담을 건네자 앞서 걸어가던 네이예가 뒤를 돌아보며 함께 웃었다. 네이예는 어제보다 훨씬 여유로운 모습이었다. 입장하기 전에 타스가 우리를 모아 놓고 이야기했다.

"어제 과제 점수를 발표하겠다. 1등은 총점 87점, 해일."

뭐? 내가? 기대하지 않은 1등이라 놀랐지만 어쨌든 기뻤다. 타스는 이어서 다른 팀원들의 점수를 불렀다.

"진 83점, 네이예 74점, 치온 62점, 버블 56점. 점수가 저조한 교육생은 분발하기 바란다."

조금 이상하다는 생각이 들었다. 어제 수행한 과제가 별다르게 등수를 나눌 만한 것이 있었나? 우리가 제출한 과제 결과는 다 똑같았다. 분석한 내용을 각자의 탐사 키트에 다 똑같이 입력했기 때문이다. 그러다가 과제 점수에 팀장의 평가가 들어간다는 사실이 떠올랐다. '팀 공헌도'라는 항목이었다.

'공헌도를 따진다면 위험 요소를 체크하고 있는 버블이 가장 큰 것 아닌가. 아, 아닌가? 그건 아주 쉬운 일인가? 그럼 내가 뭘 했더라?'

아무리 생각해도 특별히 한 것이 없는데, 꼴찌인 버블과 30점 이상 차이가 난다는 게 믿기지 않았다. 게다가 이렇게 공개적으로 알릴 필요가 있는지. 혹시 타스의 의도일까?

이런 이야기를 들은 적이 있다. 어떤 리더들은 팀이 효과적으로 굴러가게 하기 위해 일부러 서열을 정하고 때로는 희생양을 정한다는……. 타스의 행동이 바로 그런 것 아닌가. 뭐 어찌되었든 나는 타스에게 좋은 점수를 받았다. 앞으로 더 열심히 해서 최고 점수를 받을 만하다는 것을 증명하면 된다.

버블은 어제와 마찬가지로 무표정한 얼굴로 타스의 지시를 듣고 있었다. 꼴찌라서 실망했을 법한데도 별다른 감정 동요는 없어 보였다. 타스의 설명이 끝나자 원통형 단말기를 체크한 후 앞쪽을 주시하며 걷기 시작했다. 버블은 자신에게 맡겨진 '로봇'의 역할을 성실하게 수행하는 중이었다.

오늘은 여러 훈련 가운데서도 난이도가 있는 저중력 적응 훈련을 하는 날이다. 동굴 남쪽의 지하 2레벨 협곡은 수위가 어른 키를 훌쩍 넘는 곳이라 통과할 때 물속을 지나가야 하는데, 탐사본부는 이런 지형적 특성을 저중력 훈련 공간으로 활용했다. 우주복을 착용하고 무게 추를 단 채 물속을 이동하기 때문에 각별한 주의가 필요했다. 실습 전에 있었던 강의에서 영상 시뮬레이션을 여러 번 하기는 했지만 실전에서는 예상치 못한 변수가 생기니까 방심하면 안 된다.

우리는 어제와 같은 대열을 유지하며 탐사 메신저에 나와 있는

좌표를 찾아갔다. 두 번째 날이라 어제보다는 동굴 환경에 익숙했다. 타스가 종종 달에 있는 동굴과 비교하며 실제로 달에서는 어떤 문제가 생기고 그것을 해결하려면 어떻게 해야 하는지 설명했다.

타스의 설명을 들으며 감탄했다. 겨우 3년 선배일 뿐인데 전문적인 지식을 갖추고 남들 앞에서 저렇게 조목조목 설명할 수 있다는 것이 존경스러웠다. 학교 재학 중에도 그의 수상 경력은 후배들을 놀라게 했다. 타스를 워너비로 삼는 아이들도 꽤 되었다.

하지만 타스에 관한 살벌한 소문을 생각하면 마음이 복잡해졌다. 함께하던 팀원이 타스의 미움을 받아 결국 자퇴했다는 이야기인데, 어디서부터 어디까지 사실인지는 모르겠지만 석연치 않은 것은 분명했다. 그런 소문에도 불구하고 타스가 팀장으로 발탁된 것을 보면 본부에서도 우주 개척 지도자로서 타스의 잠재성을 알아본 것이 분명했다.

오늘의 탐사 루트는 어제보다 어려웠다. 관광지였을 때도 개방되지 않았던 곳으로, 길이 험하고 경사가 심했다. 버블이 앞서 걸으며 위험 지형에 대한 정보를 각각의 탐사 메신저로 보냈다. 가파른 통로를 내려가느라고 아이들의 숨소리가 거칠어지고 바닥을 내딛는 발소리에 긴장이 서렸다. 동굴 속은 서늘한데도 긴장한 탓인지 땀이 흘러내렸다.

한참을 들어간 후에야 지하 2레벨의 저중력 훈련 구역에 도착했다. 우리는 준비실에서 훈련용 우주복을 입고 중력 조절을 위해 무게 추를 달았다. 훈련용이기는 하지만 우주복을 입은 팀원들을 보니 곧 달로 가는 우주선에 탑승할 것처럼 그럴듯해 보였다. 달의 저중력 환경을 비슷하게나마 직접 체험하는 것이라 긴장도 되고 기대도 되었다.

헬멧 안에 있는 스피커를 통해 앞서 걷고 있는 타스의 목소리가 들렸다. 타스는 이 체험의 목적과 주의할 점, 그리고 오늘 해야 할 과제에 대해 다시 한번 이야기했다. 우리는 조심스레 훈련 구역 안으로 들어갔다. 지상에서 우주복을 입었을 때는 상당히 무거워서 움직이기 힘들었는데 물속에서 움직일 때는 확실히 달랐다. 무게 추를 달고 있어서 떠오르지 않고 걸어갈 수 있었다. 얼마나 지났을까. 움직임에 꽤 익숙해졌다고 느꼈을 즈음에 타스의 목소리가 들렸다.

"출구까지 2분 소요 예상."

벌써 한 바퀴를 돈 모양이었다. 곧 끝난다는 생각에 다들 서둘러 걷기 시작했다. 그때 앞서 가던 네이예의 몸이 갑자기 둥실 떠오르더니 팔다리를 허우적대기 시작했다. 똑바로 서려고 했지만 몸은 아래로 내려오지 않고 수면 쪽으로 올라갔다. 놀란 네이예는 더욱 버둥거렸다. 잠시 후 무언가에 부딪히는 듯한 둔탁한 소리가 동굴 안에 울렸다. 우리는 모두 놀라 어쩔 줄 몰라 했다. 타스가 재빨리 네이예를 붙잡아 끌고 내려온 후 훈련 구역 밖으로 데리고 나갔다. 우리도 서둘러 그 뒤를 따랐다.

타스가 잔뜩 화가 나서 말했다.

"무게 추가 우주복에서 분리되지 않도록 조심하라고 분명히 말했는데."

네이예가 준비실 벽에 기대고 앉아 정수리 부분을 쓰다듬었다. 아마도 머리를 동굴 천장에 부딪친 모양이었다. 헬멧을 쓰고 있었는데도 충격이 꽤 컸는지 아직도 정신이 없어 보였다. 그러고 보니 네이예의 우주복에 달려 있어야 할 무게 추가 보이지 않았다. 무게 추가 분리되자 네이예의 몸이 수면을 향해 떠올랐고 그 와중에 놀란 네이예가 허우적대다가 동굴 천장의 튀어나온 돌부리에 머리를 부딪친 모양이었다.

상태가 좋지 않아 보였지만 시간을 지체할 수 없어서 모두들 우주복을 벗고 다시 출발했다. 지하 2레벨을 빠져나가는 길은 험한 편이라 다들 쩔쩔맸다. 나도 헛딛지 않으려고 애쓰며 가고 있는데 앞쪽에서 누군가 주르륵 미끄러지면서 비명을 질렀다.

"아아아악."

네이예가 바닥을 헛디뎌서 미끄러진 모양이었다. 그리고 무언가를 떨어뜨렸는지 아래쪽 바위 모서리에 부딪히는 소리가 요란하게 났다.

"네이예!"

치온의 놀란 목소리가 동굴 안을 울렸다. 네이예는 겨우 몸을 일으켰지만 양손으로 머리를 감싼 채 동굴 바닥에 주저앉았다. 아까 머리를 부딪친 탓에 어지러운 모양이었다.

"네이예, 훈련을 강행하는 것은 무리다."

타스가 급히 중앙 본부에 연락을 취했다. 본부 스태프들이 오는 동안 우리는 동굴 바닥에 앉아 기다렸다. 이제 네이예는 어떻게 될까? 탐사 교육은 최상의 컨디션을 유지해도 쉽지 않은 일정인데 저런 상태로는 힘들지 않을까. 타스 역시 자신이 맡은 팀에서 부상이 생겼기 때문에 신경이 곤두설 대로 곤두섰다.

"조금 쉬면 괜찮아요."

네이예가 말했지만 타스는 딱 잘라 말했다.

"뇌진탕일 수도 있으니 의무실에 가서 검사를 받아야 해."

"그럴 정도는 아니에요."

"네가 정할 문제가 아니야. 멍청한 녀석! 너 때문에 우리 팀이 다 피해 보게 생겼잖아!"

타스가 신경질적으로 말했다. 화가 단단히 난 것이 분명했다. 네이예가 고개를 푹 숙이고 다른 팀원들 모두 타스의 눈치를 보았다. 잠시 후 본부 스태프들이 동굴 입구에 도착했다는 메시지가 왔다. 그들이 이곳까지 들어오는 데 30분은 족히 걸릴 듯했다.

"앗, 탐사 키트!"

네이예가 소리쳤다. 손에 들고 있던 탐사 키트를 떨어뜨린 모양이었다. 아까 넘어질 때 무언가가 아래로 떨어졌던 것이 떠올랐다. 탐사 키트가 없으면 네이예는 앞으로 과제 수행이 불가능하다.

나는 네이예가 넘어졌던 곳으로 가서 랜턴으로 비춰 보았다. 울퉁불퉁한 바위만 보이고 탐사 키트는 보이지 않았다. 바위 모서리에 튕겨져 더 아래쪽으로 굴러간 모양이었다. 어쩌면 사람의 손길이 한 번도 닿지 않은 깊고 어두운 곳에 떨어졌을지도 모른다. 괜히 섬뜩한 기분이 들었다.

내가 보이지 않는다고 하자 다들 걱정스러운 얼굴로 네이예를 쳐다봤다. 만약 못 찾으면 어떻게 되는 거지? 개인 탐사 키트가 없으면 자동 탈락이나 마찬가지다. 네이예가 괴로운 듯이 한숨을 쉬었다. 그러자 타스가 툭 내뱉듯이 말했다.

"뭘 걱정해? 우리에게는 로봇이 있잖아."

처음에는 모두들 무슨 말인지 이해를 못 했다. 로봇이라면 버블을 말하는 건가? 그 애에게 설마 저걸 찾아오라고 명령하라는 말인가? 나는 혼란스러웠다. 타스가 네이예를 뚫어져라 보며 말했다.

"네이예, 로봇에게 명령해."

네이예의 얼굴이 굳었다. 그는 머리통을 양손으로 감싸 쥔 채 괴로워하며 고개를 저었다.

"내 말 무시하는 거야? 그럼 네가 로봇 할래?"

타스가 매섭게 다그쳤다. 네이예가 겁에 질린 얼굴로 말했다.

"아, 아닙니다."

"그럼 빨리 명령을 내려!"

네이예가 기어들어 가는 소리로 말했다.

"저, 저……, 탐사 키트 좀 주워다 줄래?"

명령이라고 하기에는 목소리가 가늘고 떨렸다.

"더 크게!"

타스가 외쳤다. 그 소리에 네이예는 고개를 숙이고 흐느끼기 시작했다.

"큰 소리로 명령하라니까!"

타스가 서슬이 퍼렇게 소리 질렀다. 목소리가 동굴 천장에 닿아서 메아리처럼 울렸다. 겁이 났다. 나만 그런 게 아니었다. 진은 몸을 움츠리고 치온은 아래만 내려다봤다. 그때 버블의 목소리가 들렸다.

"제가 가지고 올게요."

그러더니 벌떡 일어나 탐사 키트가 떨어진 쪽으로 내려가기 시작했다. 나는 그 순간 망치로 머리를 한 대 맞은 기분이었다. 버블,

도대체 무슨 생각이지? 잠시 후 치온이 일어나서 버블을 따라갔다. 타스가 치온을 말리려고 했지만 이미 저만치 가 버린 후였다.

두 사람이 탐사 키트를 찾으러 간 후 남은 사람들 사이에는 어색한 침묵이 흘렀다. 그 침묵을 깨기라도 하듯이 타스의 메신저가 울렸다. 본부 스태프들이 10분 후 도착한다는 메시지였다. 나와 진은 슬쩍슬쩍 눈을 마주치며 타스의 눈치만 봤다. 네이예는 고개를 푹 숙이고 앉아 있었다. 타스가 우리를 번갈아 보며 조그맣게 중얼거렸다.

"로봇 당번은 언제든 바뀔 수 있어."

잠시 후 네 개의 빛이 다가오는 것이 보였다. 본부 스태프 네 명이 우리를 향해 오고 있었다. 그들의 불빛이 손에 잡힐 것처럼 가까이 다가왔을 때, 버블과 치온이 돌아왔다. 버블의 손에 탐사 키트가 들려져 있었고 그 애의 탐사복 바지가 정강이까지 젖어 있었다. 아마도 아래쪽에 물웅덩이가 있는 모양이었다. 조금 전에 타스가 했던 말이 떠올랐다. 로봇 당번은 언제든 바뀔 수 있어. 갑자기 이 동굴 속에는 두 가지 종이 존재한다는 생각이 들었다. 인간과 로봇이라는 두 개의 종.

3

네이예는 다음 날 탐사에 참여하지 않았다. 의무팀으로부터 하루 쉬라는 권고를 받았기 때문이다. 검사 결과는 별다른 이상이 없지만 심리적으로 충격을 받았을 수도 있으니 쉬는 것이 낫겠다는 소견이었다. 진이 네이예의 바로 옆방에 묵고 있어서 소식을 전해 줬는데, 어젯밤 탐사에 참여할 수 없다는 통보를 듣고 네이예가 무척 실망했다고 한다.

네이예를 뺀 팀원이 모두 모이자 타스가 심각한 표정으로 말했다.

"동굴 안에서는 잠시도 긴장을 늦추어선 안 돼. 여기에서 넘어지고 미끄러지면 우주에서 어떻게 살아남겠어? 포기할 거 같으면 지금 포기해."

탐사 사흘째. 처음처럼 타스의 이야기가 근사하게 들리지 않았다. 타스에 대해 들었던 소문이, 처음에는 먼지처럼 별거 아니었던 소문이 지금은 커다란 먹구름처럼 나를 덮치고 있는 것 같았다.

오늘도 타스는 게이트에 들어가기 전에 어제 제출한 과제 점수를 발표했다. 1등은 진이었다. 1등이라는 말에 진이 머쓱한 표정을 지었다. 나와 진의 자리가 바뀌고 치온과 버블은 오늘도 점수가 나빴다. 이번에도 진이 점수를 많이 받을 만한 객관적 근거는 없었다. 그저 타스의 선택이었다. 그가 정한 대로 등수가 정해지는 것이다.

우리 팀에서 몇 사람이 인빈서블 프로젝트에 참여할 수 있을까? 한 명? 아마도 타스가 선택한 사람이겠지? 마음이 답답해졌다.

네이예가 빠진 상태라 분위기가 가라앉았지만 다들 집중력을 발휘해 민첩하게 탐사에 임했다. 오늘부터는 개인 과제가 추가되기 때문에 더욱 집중해야 했다.

각별히 조심을 한 덕분인지 오늘은 별다른 사고 없이 탐사를 마칠 수 있었다. 과제 전송까지 마치고 모노레일을 기다리고 있는데 본부에서 연락이 왔다. 타스가 하는 말을 들으니 네이예가 내일부터 복귀하는 모양이었다.

"아니, 의무팀에서 괜찮다고 해도 제가 받아들일 수 없어요. 이건 다른 팀원들한테 짐이 되는 행동이라고요……. 저는 분명히 밝혔습니다……. 우리 팀 성적이 나쁘면 제 경력에도 오점이 남잖아요. 전 싫어요. 팀원들이 피해 보는 것도 싫고요."

모노레일에 올라탄 후 우리는 타스의 눈치만 보았다. 네이예는 지금 어떤 심정일까? 일생에 한 번뿐일지도 모르는 기회를 한순간의 실수로 놓쳤다고 생각하면…….

"그럼 네이예는 어떻게 되는 거야?"

진이 목소리를 낮추고 물었다.

"글쎄. 타스가 반대하는 것 같은데?"

"의무팀이 괜찮다고 했으니까 괜찮지 않을까?"

"네이예가 굼뜨고 겁이 많잖아. 타스가 신경이 많이 쓰일걸."

내가 이야기하자 진이 천천히 고개를 끄덕였다.

맞은편에 앉아 있는 버블이 우리가 이야기하는 것을 지켜보고 있었다. 그러고 보니 오늘은 타스가 버블을 로봇이라고 부르지 않았다. 첫째 날과 둘째 날까지만 해도 '로봇'이라고 부르며 실없는 지시를 하기도 했다. 그 모습을 보며 버블이 불쌍하다고 생각했는데, 이제 그런 생각은 완전히 사라졌다.

다음 날 네이예는 오지 않았다. 아마도 타스의 의견이 받아들여진 것 같았다. 하지만 탐사를 마칠 즈음 다시 본부에서 연락이 왔다. 5일차 탐사에는 네이예가 참가하기를 원한다는 이야기였다. 하지만 타스는 내내 못마땅한 기색이었다.

"네이예가 합류하면 우리 팀 활동에 지장이 많을 것 같다. 그러니까 우리 뜻을 본부에 전달하는 게 좋겠어."

그러면서 자기 혼자 주장해서는 효과가 없을 것이라고 생각했는지 팀원 모두가 네이예가 오지 않았으면 좋겠다는 의견을 보내라고 했다. 하루 일정을 마칠 때면 각자 메신저로 그날 활동에 대한 짤막한 소감을 적어서 보내는데, 그때 네이예의 합류를 원치 않는다는 의견을 첨부하라는 말이었다.

"그렇게 하면 네이예를 보내지 않을 거야. 우리가 뭐 부상자 떠맡는 팀도 아니고 말이야."

나는 망설여졌다. 네이예의 마음을 모르는 것이 아니었다. 하지만 타스의 말을 거스를 수도 없었다.

"네이예는 이제 괜찮다고 하던데."

진이 말했다. 어젯밤에도 숙소에서 네이예를 만난 모양이었다. 하지만 타스는 진의 말을 들은 척도 하지 않았다.

"자, 각자 의견을 써서 보낸다. 네이예의 합류를 원하지 않는다고."

우리는 눈치만 보며 우물쭈물했다. 얼마나 이곳에 오고 싶었는지, 얼마나 잘하고 싶었는지를 생각하니 쉽사리 그런 말을 쓸 수 없었다. 짧은 시간을 함께했지만 네이예는 동료인데……. 타스가 서둘렀다.

"자자, 빨리 보내. 시간 없어."

타스의 재촉에 나는 어쩔 수 없이 네이예의 합류를 원하지 않는다는 메시지를 쓰기 시작했다. 내가 쓰기 시작하자 망설이던 진과 치온도 따라서 쓰기 시작했다. 타스의 목소리가 들렸다.

"버블, 넌 왜 안 써?"

버블은 아무것도 하지 않고 가만히 있었다.

"왜 안 쓰나고! 시간 없다고 했잖아."

타스가 소리를 지르자 버블이 타스의 눈을 똑바로 쳐다보며 말했다.

"전 로봇이잖아요. 의견 없어요."

"무슨 말이야, 지금?"

타스의 목소리가 날카로워졌다. 하지만 버블의 목소리는 변함없이 덤덤했다. 무표정한 얼굴도 평소와 같았다.

"로봇이라서 의견 없습니다."

타스가 화가 난 표정으로 버블을 뚫어져라 쳐다보았다. 하지만 버블은 눈썹 한 번 움직이지 않고 침 한 번 삼키지 않았다. 그 순간 나도 로봇이 되고 싶었다. 의견이 없어도 되는 로봇. 아니, 잘못된 의견인 줄 알면서도 따라야 하는 인간이 되기 싫었다. 나만 그런 것이 아니었나 보다. 치온과 진의 표정에서도 같은 마음을 읽을 수 있었다. 잠시 후 모노레일이 도착했고 결국 우리는 모두 의견을 보내지 않은 채 탑승했다.

4

혹시라도 네이예에게 무슨 일이 생길까 봐 우리는 수시로 살폈다. 3일 만에 돌아온 네이예는 탐사를 계속할 수 있어서 기뻐했지만 실수를 해서는 안 된다는 압박감 때문인지 바짝 긴장한 모습이었다. 뒤쪽에 선 나와 치온, 진은 계속 네이예를 살피며 탐사 활동을 했다. 만약 무슨 일이라도 생긴다면 앞에 선 타스가 가만히 있지 않을 것이 분명했기 때문이다. 우리는 한 사람씩 돌아가며 네이예 옆에 바짝 붙어 그 애를 챙겼다.

"해일, 고마워. 난 정말 운이 좋은 것 같아. 너희처럼 좋은 애들을 만나다니……."

경사가 가파른 곳에서 내가 네이예의 팔을 붙들자 그 애가 말했다. 나는 아무 말도 안 했지만 속으로는 크게 외치고 있었다. 그건 오해라고. 어쩔 수 없이 이렇게 하는 거라고.

우리의 노력이 통했는지 아무런 사고 없이 그날의 활동이 다 끝났다. 오늘의 종착점인 B게이트로 나와 모노레일을 기다리고 있는데 타스가 말했다.

"탐사 활동도 반이 지났으니 로봇 당번을 바꾸도록 하겠다."

버블을 제외한 우리 넷은 서로의 얼굴을 쳐다봤다. 네이예는 갑작스러운 타스의 말에 긴장한 것 같았다. 하지만 나와 치온, 진은 막연하게나마 예상하고 있었다. 이런 일이 있으리라는 것을. 아니 이런 기회가 우리에게도 오리라는 것을.

타스가 마치 중대한 결정이라도 하듯이 진지한 표정으로 우리를 하나하나 훑어보았다. '누굴 고를까?' 고민하는 것처럼 보였다.

그때 치온이 손을 번쩍 들었다.

"제가 하고 싶습니다."

나와 진이 한발 늦었다. 하지만 기회는 있다. 나도 재빨리 손을 들었다.

"제가 하고 싶습니다."

그러자 진도 질세라 손을 들었다.

"제가 하겠습니다."

네이예가 어리둥절한 표정으로 우리를 쳐다봤다. 너희, 무슨 일이야? 그의 표정이 이렇게 묻고 있었다. 타스의 얼굴에 당황한 빛이 스쳤다. 자신이 의도한 것과는 전혀 다르게 상황이 흘러갔기 때문이다. 타스는 주먹을 한 번 꾹 쥐더니 시선을 돌려 버렸다. 그 광경을 지켜보던 버블의 입가에 살짝 미소가 어렸다. 탐사를 시작한 후 처음 보는 표정이었다. 이제야 비로소 로봇 당번이라는 무거운 짐을 내려놓은 걸까.

서로 로봇 당번이 되겠다며 옥신각신하는 사이 모노레일이 도착했다. 결국 누가 당번이 될지 정하지 못한 채 모노레일에 올랐다. 해가 지기 시작하면서 산 너머에 주황빛 노을이 깔리기 시작했다.

달에 있는 동굴을 탐사하는 이야기를 써야겠다고 마음 먹었을 때 가장 먼저 떠오른 게 '문 워커'였습니다. 요즘 같은 과학의 시대에 달에 관한 최신 지식은 하나도 떠오르지 않고 은빛 장갑을 낀 문 워커, 마이클 잭슨이 떠오르다니. 저의 구식 뇌는 아직도 20세기를 떠돌고 있나 봅니다. 뭐, 내친김에 탐사 프로젝트의 이름은 마이클 잭슨의 마지막 앨범 타이틀인 '인빈서블'에서 따오고, 로봇의 이름은 '인브9.0'으로 정했습니다. '천하무적'이라는 뜻의 이 단어에 어쩌면 인간의 우주에 대한 갈망과 의지가 담겨 있지 않나 생각되더군요. 그렇게 이 이야기는 출발했습니다. 독자 여러분께도 즐거운 여행이 되었으면 좋겠습니다.

_조규미

아메바리아

김명

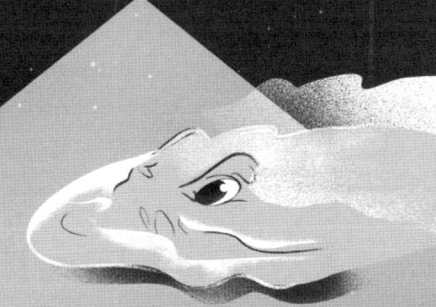

성미가 핫도그를 크게 베어 물었다.

입꼬리에 묻은 케첩을 혀끝으로 훑고 남은 반쪽을 입에 넣는 순간이었다. 옆구리에서 툭 소리가 나더니 치마허리 위로 쿨렁하고 속살이 넘쳤다.

'으으, 결국 터졌네.'

다 먹고 남은 막대를 든 손으로 얼른 허리춤을 잡고 나머지 핫도그를 한입에 욱여넣을 때였다. 등 뒤에서 낄낄거리는 소리가 들렸다. 아까 핫도그를 두 개째 해치웠을 때부터 거슬리던 애들이었다. 성미는 입을 꾹 다물고 눈을 내리깔았다. 교복 치마허리를 쥔 주먹에 한껏 힘이 들어갔다. 성미는 비장한 표정으로 허리춤에서 막대를 뽑아 한 손에 모아 쥐었다. 오동통한 손가락 사이로 솟은 다섯 개의 막대가 부르르 떨렸다.

성미가 뒤돌아섰다. 3미터 전방에서 껄렁거리며 딴청 피우는 남학생 두 명 포착. 서늘한 눈빛을 발사하며 성미가 그들을 향해 저벅저벅 걸어갔다. 기름 맛이 감도는 빵과 프랑크소시지를 질겅질겅 씹으면서 말이다. 남학생들 앞에 딱 멈춰 선 성미. 막대 뭉치를 쥔 주먹을 들어 남학생들을 향해 겨눴다.

흡, 남학생들이 숨을 들이켰다.

성미가 팔을 머리 위까지 올려 냅다 막대를 집어 던졌다. 물론 남학생들 옆에 있는 휴지통을 향해서였다. 두 개는 더 먹어야 허기를 면할 텐데. 쩝, 입맛을 다시고 돌아서서 집 쪽으로 발길을 돌렸다.

성미는 오늘 급식을 놓쳤다. 3교시 담임 수업이 끝나자마자 책상에 엎어졌는데 눈을 떴을 땐 이미 5교시가 끝난 뒤였다. 야박한 것들, 점심시간이라고 슬쩍 건드려라도 주지. 황망한 눈빛으로 주변 아이들을 바라봤더니 하나같이 '뭐, 어쩌라고' 하는 표정이었다.

타인에게 관심을 가져야 할 때와 그러지 않아야 할 때도 구분 못 하는 인간 종족, 진짜 싫다. 성미는 고개를 절레절레 흔들면서 발걸음을 재촉했다.

저만치 '아메바리아 빵집' 초록색 간판이 눈에 들어왔다. 뜨거운 9월의 햇살을 받은 간판은 글자 하나하나가 새뜻했다.

성미는 반투명 속살을 교복 안으로 대충 밀어 넣고 빵집으로 들어갔다.

위생 모자를 쓴 현민이 휴대폰을 들여다보다가 고개를 들었다.
"엄마는요?"
"사장님, 반죽 중."

엄지로 등 뒤 주방을 가리키면서 현민이 미소 지었다. 선한 눈망울에 위화감 주지 않을 만큼 높은 콧대, 엄마 말대로 호감형이었다. 6개월이나 걸려서 뽑은 아르바이트생 현민을 엄마는 훌륭한 청년이라고 칭찬했다. 지방에서 올라와 홀로 고시원에서 지내는 게 짠하다며 엄마는 현민을 알뜰히 챙겼다. 대학 4년 전액 장학생인데 아버지 병원비를 마련하느라 닥치는 대로 일한다니 성미도 효심 하나는 인정했다.

주방 문이 열리고 엄마가 나왔다.

방금 빵 반죽을 끝낸 엄마는 머리카락 한 올 흐트러지지 않은 모습이었다. 엄마가 만든 빵은 입소문을 타고 유명해져 관악구의 명물이 되었다. 누구도 흉내 낼 수 없는 빵 맛은 엄마만의 반죽 비법 덕분이었다. 성미는 그 비법을 알기 때문에 엄마가 만든 빵은 먹지 않는다. 목에 칼이 들어와도 성미는 반죽 비법을 말할 수 없다. 전신을 사용한다는 말밖에는.

성미가 머뭇거리는 사이에 엄마가 빵집 문을 밀고 나갔다. 고개를 돌려 현민을 보고 엄마가 세상 부드러운 목소리로 말했다.

"현민 씨, 나 올라가서 잠깐 쉬고 내려올게."

성미도 엄마 뒤를 따랐다. 빵집 바로 위층이 성미네 집이다. 엄마가 쌩하니 먼저 건물 입구로 들어갔다. 성미는 골목 어귀에서 서성대는 뻥튀기 아저씨와 눈이 마주쳤다. 아저씨의 동향도 살필 겸 성미는 쌀 튀밥 한 봉지를 사 들고 2층 계단을 올랐다. 엄마는 벌써 다 벗어 던지고 거실에 퍼져 있었다.

성미가 낮은 목소리로 다그치듯 말했다.

"엄마, 조심 좀 해. 그렇게 다 벗고 있다가 누가 오면 어쩌려고 그래."

"그러게 왜 이제야 와!"

문을 닫자마자 성미도 훌훌 벗고 거실 바닥에 철퍼덕 누웠다.

엄마가 버럭 소리를 질렀다.

"야! 저거 찢어지면 얼마나 고생하는지 몰라? 빨리 소파 위에 잘 올려놓고 와!"

"아, 정말. 알았어."

성미는 바닥에 널브러진 외피를 들어 엄마의 외피 옆에 나란히 앉혔다. 살짝 바람 빠진 캐릭터 풍선처럼 다소 푸석할 뿐 외피는 그 자체로 인간의 모습이었다. 멀리서 보면 학교에서 돌아온 딸이 엄마 옆에서 미주알고주알 수다 떠는 장면이었다. 하지만 시선을 조금만 내리면 색다른 광경이 펼쳐진다.

커다란 슬라임 두 덩어리가 반투명한 몸을 꿈틀거리는…….

외피를 벗은 성미가 흐물흐물 거실 바닥에 몸을 펼쳤다. 아이들이 손에 넣고 조몰락거리는 액체 괴물만큼 말캉한 성미는 마루의 질감을 온몸으로 느꼈다. 성미는 바닥에 푹 퍼져서 엄마를 바라보았다. 엄마는 탱글탱글하니 물방울 모양을 유지하고 있었다. 성미의 몸은 한지 위에 떨어진 물처럼 옆으로 퍼져 나갔다.

"엄마, 나 외피 옆구리 터졌어."

"거봐라, 조심하랬지. 사람들이 먹는 거 다 먹더니 잘한다."

"먹다 죽은 귀신이 때깔도 좋다잖아. 맛있는 걸 어떻게 안 먹어."

"때깔 좋아하네. 우리가 귀신이 어디 있냐?"

"하긴 아메바 귀신이 있다는 소리는 못 들어 봤네."

"아메바가 아니고, 우리는 아메바리아인이라고 했지!"

"엄마, 우리라는 말로 엮지 좀 마. 나는 지구인이니까."

다른 아이들은 외피를 벗지 않는다는 사실을 성미는 일곱 살 때 알았다. 하지만 지구에서 태어나 17년을 살면서 성미가 내린 결론은 인간도 자신과 다르지 않다는 것이었다. 인간들이 하는 짓을 보면 인간 껍데기 안에 각종 괴이한 존재가 들어앉아 있는 게 분명했다.

엄마가 성미의 말에 파르르하면서 대꾸했다.

"인간들이 너를 지구인으로 인정해 줄 거 같니?"

"인정은 받아서 뭐 해? 외피만 제때 잘 업그레이드하면 사람들이 눈치도 못 채는데 뭘."

엄마가 쿨링하고 몸을 들어 바닥을 쿵 치고는 중얼거렸다.

"어이구, 몇 번을 말해야 알아들을지……."

외막을 변형시켜 만든 위족으로 엄마가 목욕탕 쪽으로 이동했다.

"나 반신욕 할 거야."

"엄마, 물 다 쓰지 마. 나도 할 거야."

엄마가 무슨 말을 하는지 성미는 잘 알고 있었다.

수십 년 전, 우주 방랑에 지친 아메바리아인들이 푸른 보석처럼 번지르르한 지구에 정착했다. 온난화로 온도가 점점 높아지는 지구는 정착하기에 최적의 조건이었다. 하지만 한 가지 간과한 것이 있었다. 그만큼 오염됐다는 생각은 못 한 것이다. 몇 세대 지나지 않아 아메바리아인들은 온갖 질병에 걸렸고 번식 장애가 생겼다. 다른 행성으로 이동하는 능력마저 상실했다. 절박한 상황에 놓인 생존자들은 멸족을 면할 길을 찾는다며 오염이 덜 된 남태평양이나 아마존으로 떠났다.

몇은 인간 거주지에 남았다. 인간과 결합해서 진화해야 생존할 수 있다고 믿는 자들이었다. 성미 엄마도 그중 하나였다. 곧 성체가 될 엄마는 번식 장애가 걱정됐다. 만약의 경우를 대비해 인간과의 결합 가능성을 열어 두어야 한다는 생각에 잔류를 결심했다. 그리고 경기도 가평 외곽에서 자연인으로 살며 철저하게 자기 관리를 했다. 덕분에 엄마는 어렵게 단 한 번의 번식기를 맞았고 성미를 낳았다. 엄밀히 말하면 이분법 세포 분열로 성미를 생성시킨 것이다.

성미가 성장하자 엄마는 우월한 유전자를 가진 인간을 찾기에 급급했다. 엄마가 찾는 우월함의 기준은 잘생긴 외모였다. 지금껏 괜찮은 인간을 본 적이 없는데 진화라니, 그따위 이론에 현혹된 엄마가 성미는 답답했다. 사방에 널린 먹거리가 없었다면 벌써 아마존으로 떠났을 텐데. 어떻게든 엄마를 설득해서 말이다.

엄마의 휴대폰이 울렸다. 성미가 몸을 길게 뻗어 스피커폰 버튼을 눌렀다. 소방 점검을 나왔으니 빨리 가게로 내려오라는 전화였다. 엄마가 투덜거리면서 외피의 입을 벌리고 가볍게 안으로 들어갔다.

반신욕은 성미의 차지가 되었다. 물을 저으니 욕조 바닥에 가라앉았던 침전물이 떠올라 장마철 냇물처럼 혼탁해졌다. 지난 주말에 모녀가 관악산에 가서 물웅덩이와 음용 불가 약수터에서 떠 온 물이었다. 성미는 미끄러지듯 욕조 안으로 잠수했다. 물속에 몸을 푹 담근 채 성미는 세균, 곰팡이, 조류 등 일용할 양식을 여유롭게 포식하기 시작했다.

성미는 외피를 목욕탕으로 가져와 깨끗이 세척했다. 수건으로 꼼꼼하게 물기를 닦아 낸 뒤 인간 진성미를 침대 위에 눕혔을 때였다.

쿵짝쿵짝 쿵짜자 쿵짝…….

난데없는 트로트 소리에 성미가 후다닥 침대 아래로 숨어들었다. 아, 맞다. 이건 뻥튀기 아저씨가 퇴근 준비하는 소리다. 성미는 말캉한 몸을 밀어 침대 밑에서 느긋하게 나왔다.

갑자기 음악 소리가 뚝 끊겼다. 성미가 우뚝 제자리에 멈췄다. 퇴근 준비가 벌써 끝났다고? 적어도 세 곡 정도는 메들리로 흘러나와야 정상이잖아? 성미는 빠르게 몸을 팽창시켜 거실로 나갔다.

창밖이 어둑했다.

성미는 도로가 내려다보이는 창으로 기어올라 바깥 상황을 확인했다. 뻥튀기 트럭이 매복 중인 장갑차처럼 연립 주택 담에 바짝 붙어 있었다. 헌 옷 수거함 뒤 으슥한 곳이었다. 성미는 11시 방향에서 번쩍거리는 빛을 발견했다. 뻥튀기 아저씨가 야간 안전 조끼를 입은 채 빵집을 노려보고 있었다. 야광조끼를 장식한 투명한 튜브 속 엘이디 전구가 위협적으로 번쩍거렸다. 뭔가 찜찜했다.

성미는 서둘러 방으로 가 외피 안에 몸을 구겨 넣고 아래층으로 내려갔다.

뻥튀기 아저씨에게 다가가면서 성미는 등골이 서늘했다. 엊그제 거스름돈을 내주면서 아저씨가 한 말이 생각났기 때문이다. 이 근처에 외계인이 있는 게 확실하다고 했었다. 묘한 미소까지 지으면서 말이다. 아저씨는 빵집 안을 주시하느라 성미가 바로 앞에 선 것도 몰랐다. 엘이디 전구의 색깔이 바뀔 때마다 아저씨의 표정이 붉으락푸르락 변했다.

성미가 조심스럽게 말을 붙였다.

"아저씨, 벌써 퇴근하세요?"

아저씨가 성미를 흘끔 보고는 이내 시선을 가게로 돌렸다. 양손을 허리에 얹으면서 뻥튀기 아저씨가 중얼거렸다.

"진 사장님 무슨 좋~은 일이 있으신 모양이네."

성미가 고개를 돌려 가게 안을 보았다.

계산대를 사이에 두고 엄마와 현민이 마주 보며 웃고 있었다. 무슨 이야기를 하는지 엄마는 재미있어 죽겠다는 표정이었다. 성미가 다시 고개를 돌려 뻥튀기 아저씨를 보았다. 빵집 안을 응시하는 아저씨의 눈동자가 레이저라도 발사할 것처럼 이글거렸다. 엄마가 꼬투리를 잡힌 것일까? 성미는 마른침을 삼켰다.

가끔 한 번씩 나타나던 뻥튀기 트럭이 골목 어귀에 아예 자리를 잡았을 때부터 성미는 아저씨가 수상했다. 그게 두 달 전이었다. 성미는 하루가 멀다 하고 튀밥을 사들이면서 아저씨의 동태를 살폈다. 그렇게 단골이 된 지 한 달쯤 된 어느 날 성미는 귀한 정보를 입수했다. 아저씨가 이중생활을 하고 있었다. 낮에는 뻥튀기 장사, 밤에는 외계인 헌터.

농담으로 듣는 척 깔깔대는 성미에게 아저씨는 장비를 펼쳐 놓고 조목조목 설명까지 했다. 손수 제작한 엘이디 조끼는 외계인이 가까워질수록 점멸 속도가 빨라진다고 했다. 성미가 바로 옆에 있어도 템포의 변화가 없는 것으로 보아 겁낼 물건은 아니었다. 하지만 에코백 안에서 뭔가를 꺼낼 때 아저씨는 매우 진지했다. 그거 수맥 탐지하는 L로드잖아요, 성미가 장난치듯 말했다. 아저씨는 L로드를 양손에 거머쥐고 손잡이 끝에 붙은 스위치를 켰다. 로프 라이트를 감은 손잡이에 조명이 환하게 켜지자 아저씨가 보란 듯이 L로드를 성미에게 겨눴.

아뿔싸, 불빛이 요란하게 번쩍거리면서 L로드가 X 자로 교차되는 게 아닌가. 성미는 놀라서 외피 안이 부르르 떨렸다. 이 기계가 너 외계인이란다, 아저씨가 껄껄 웃었다. 그날 어찌나 놀랐는지 그 뒤로 성미는 뻥튀기 트럭을 보면 긴장되고 트로트 박자만 들어도 움찔 놀라게 되었다. 하지만 단골 노릇을 그만둘 수도 없었다. 그나마 감시라도 해야 마음을 놓을 수 있으니까.

성미가 빵집을 응시하고 있는 아저씨 앞을 가로막고 섰다. 엄마에 대한 의심을 거두게 할 멘트가 필요했다. 이럴 땐 동정심을 유발하는 게 최고다. 성미는 순발력을 발휘했다.

"우리 엄마가 좋은 일이 뭐가 있어요. 맨날 혼자…… 불쌍하지요."

뻥튀기 아저씨가 평소와 달리 아무 대꾸도 하지 않았다. 아메바리아 빵집에서 눈을 떼지 않은 채 아저씨는 에코백을 어깨에 걸쳤다. 야광조끼의 불빛도 껐다.

성미는 아저씨의 속내가 궁금해서 계속 표정을 살폈다.

아저씨는 무거운 표정으로 성미 옆을 비켜 지나갔다. 몇 걸음 걸어가다 아저씨가 멈춰 섰다. 고개를 돌려 성미를 바라보며 아저씨가 말했다.

"너도 조심해."

"네?"

작업용 점프 수트의 팔다리를 접어 입은 아저씨가 빵집을 지나 어둠 속으로 사라졌다.

성미의 머릿속에서 오만 가지 생각이 꼬리를 물었다. 아무리 생각해도 그냥 넘어갈 일은 아니었다. 저만치에서 물끄러미 빵집을 바라보면서 성미는 엄마와 눈이 마주치길 바랐다. 아메바리아 빵집의 휘황찬란한 불빛 아래에서 엄마가 웃고 있었다. 현민이 무슨 말을 하면 엄마는 연신 웃음이 터졌다.

성미는 그냥 집으로 올라갔다. 침대 위에 누웠다. 뭘 조심하라

아메바리아 85

는 걸까? 엄마도 알아야겠지? 하아, 뭐라 설명해야 사태의 심각성을 받아들이려나. 뻥튀기 아저씨는 보통 사람과는 달라서 조심해야 하는데……. 엄마는 조심하기는커녕 요즘 뻥튀기 아저씨가 자꾸 빵집 안을 들여다본다며 오히려 신고할 기세였다.

이런저런 생각을 하는 와중에도 성미는 잠이 왔다. 안간힘을 써도 눈꺼풀이 천근만근이었다. 자면 안 되는데 하면서 외피를 벗었고, 참아야 해 중얼거리면서 침대 밑으로 추르륵 흘러내렸다. 성미는 자기 몸이 흐르는 대로 그냥 두었다. 외피와 나란히 눕기에 빠듯한 싱글 침대. 어차피 침대 위에서 잠들어도 깨 보면 방바닥이니까.

잠에서 깨 보니 방 안이 훤한 것이 점심때가 지난 것 같았다. 성미는 다시 눈을 감았다. 토요일이니 밀린 잠을 더 잘 요량이었다. 비몽사몽 중에 휴대폰 진동 소리를 들었지만 잠에서 헤어나지 못했다.

성미가 엄마의 메시지를 확인한 것은 해가 넘어간 뒤였다.

현민 씨가 환경 조사 레포트를 쓰고 있는데, 적당한 장소를 못 찾겠다고 해서 내가 도와주기로 했어. 마침 오늘 가게 쉬는 날이니 답사할 겸 저수지 갔다 올게.

엄마답지 않게 구구절절 친절한 문자였다. 게다가 메시지가 두 개 더 있었다.

현민 씨가 부탁하는데 거절할 수가 있어야지~

후훗, 오늘은 아무래도 좀 늦을 것 같아^^;

후훗이라고? 그것도 모자라 평소에 잘 쓰지도 않는 이모티콘까지. 가는 데만 족히 2시간은 걸릴 그곳에 갔다고? 드디어 엄마는 진화를 향한 거대한 행보를 떼는 것일까? 에이, 설마…….

가평역에서 명지계곡 방향으로 40분쯤 가면 버려진 저수지가 있다. 귀신이 출몰한다는 소문 때문에 인적이 드물어서 모녀에게 리조트 같은 곳이다. 그곳은 성미의 출생지이기도 하다. 성미가 어렸을 때는 성장 시기에 맞춰서 엄마가 저수지에 자주 데려갔다. 물속에서 외막을 각질화시켜 인간 외피를 성형하기 위해서였다. 그 안락한 곳에 엄마만 가다니 성미는 여간 섭섭한 게 아니었다. 같이 좀 가지. 옆구리가 반토막 나기 일보 직전인데……. 성미는 반투명한 몸을 출렁거려 못마땅한 기색을 드러냈다.

성미는 한밤중이 될 때까지 자다 깨기를 반복했다. 잠결에 도어

락 버튼 누르는 소리가 들렸다. 띠리리리…… 실패. 술 마셨나 보네. 성미는 꼼짝하지 않았다. 다시 한 자 한 자 버튼을 누르는 소리. 띠리리리. 성미는 웬만하면 일어나지 않을 작정이었다. 좀 전에 선잠이 든 게 아까워서 말이다. 마침내 현관문 열리는 소리가 들렸다. 방바닥에 들러붙은 몸을 비비적거리며 성미는 이제 깊은 잠에 빠질 준비를 했다.

저벅저벅…… 저벅.

성미는 잠이 확 달아났다.

엄마의 발소리가 아니었다. 엄마가 신발을 신은 채 거실로 들어섰을 리가 없지 않은가.

성미는 책상까지 흘러 퍼진 몸을 재빨리 끌어당겼다. 신발 바닥이 마루에 부딪는 소리가 성미의 방 앞을 지나갔다. 성미가 침대 밑에서 나와 방문 쪽으로 이동했다.

발소리가 멈췄다. 성미도 움직임을 멈췄다.

발걸음이 다시 움직였다. 이번에는 소리가 점점 커졌다. 침입자가 성미의 방 쪽으로 다가오고 있는 것이었다. 성미는 바닥에 몸을 펼치고 세포질을 빠르게 수축해 침대 밑으로 기어들었다. 철컥.

방문이 열리고 운동화 발이 방 안으로 쑥 들어왔다. 침입자가 걸음을 옮길 때마다 장판과 운동화 바닥 사이에서 미세한 마찰음이 났다. 침입자가 침대 앞에서 멈춰 섰다. 성미 코앞까지 온 침입자의 운동화는 진흙투성이였다. 말라붙은 진흙이 발등을 뒤덮고 운동화 옆면까지 능선을 이루고 있었다. 운동화 옆으로 배낭이 툭 떨어졌다. 침입자의 바짓단에서 마른 흙이 방바닥으로 우수수 떨어졌다.

남의 집에 신발을 신고 들어오는 이 무뢰한의 정체는 도대체 뭐란 말인가.

성미에게 집 안의 바닥은 속옷만큼 청결한 공간이다. 이렇게 더럽혀지는 것을 참을 수가 없었다. 당장 튀어 나가 저 예의 없는 인간의 명치에 한 방 날리고 싶었다. 하지만 성미는 꾹 참았다. 지구 이주 역사상 아메바리아인이 인간에게 맨몸을 드러낸 바 없으니 조심하라는 엄마의 당부가 떠올랐기 때문이다.

하얀 손이 불쑥 침대 밑으로 내려왔다.

식겁해서 성미가 벽 쪽으로 몸을 바짝 붙였다. 흰색 면장갑을 낀 손이 배낭을 열었다. 가방 안에서 청테이프를 꺼냈다. 뒤이어 나일론 끈이 줄줄이 딸려 나왔다. 이불을 젖히는 소리가 났고 침입자가 침대에 한 발짝 다가섰다. 매트리스가 꿀렁거리면서 스프링에서 삐걱삐걱 소리가 났다. 성미는 온몸이 부들부들 떨렸다.

잠시 뒤 침입자가 침대에서 물러나 손을 탁탁 털었다. 그러고는 배낭을 질질 끌고 방을 나갔다. 거실에서 불을 켜는 소리, 거칠게 서랍을 여닫는 소리가 들렸다.

성미가 침대 밑에서 슬그머니 나왔다. 침대 위에 놓인 외피를 보고 성미는 몸서리를 쳤다. 인간 진성미는 손목과 발목을 모은 채 나일론 끈으로 친친 묶여 있었다. 얼굴은 청테이프를 둘둘 감아 입과 코를 막아 놓았다. 사람을 이 지경으로 해 놓다니 더는 못 참아! 성미는 활짝 열린 방문을 향해 돌진했다.

쿵짝쿵짝.

문턱에 몸을 걸친 채 성미가 멈칫했다.

급하게 음 소거한 휴대폰 벨 소리, 짧았지만 분명 트로트 박자였다.

성미는 뻥튀기 아저씨의 경고가 퍼뜩 떠올랐다. 조심하라던 말, 이제야 알 것 같았다. 외계인 헌팅 날을 잡았다는 뜻이었다. 아저씨는 이미 성미와 엄마의 정체를 다 파악하고 있던 것이다. 성미는 등골이 서늘했다. 게다가 성미를 떠보기까지 하다니. 어쩌면 뻥튀기 아저씨는 성미가 생각한 것보다 고수일지 몰랐다. 이럴 땐 흔적도 없이 사라지는 게 상책이다. 엄마가 아직 집에 돌아오지 않은 게 천만다행이었다. 밖에 숨어서 엄마를 기다리자. 문지방을 넘어 성미가 현관 쪽으로 방향을 바꿨을 때였다.

주방에서 요란한 소리가 들렸다. 싱크대 문을 거칠게 여닫는 소리와 욕설이 뒤섞여 있었다. 성미는 다시 제자리에 멈췄다. 생전 처음 들어 보는 흉한 욕설이 성미의 말캉한 몸을 꿰뚫는 것 같았다. 성미는 전신이 저릿저릿했다. 뻥튀기 아저씨가 저런 사람일 거라고는 생각지도 못했다. 웃는 모습이 나름 푸근했는데…….

역시 겉만 보고 사람 속까지 알 수는 없는 거였다. 성미는 인간에 대해 절망감마저 들었다. 저런 인간에게, 외계인을 눈으로 확인하는 희열을 맛보게 할 수는 없었다. 성미는 재빨리 미끄러져 나가 현관문을 열었다.

"흐억!"

문 앞에 머리를 산발한 여자가 있었다. 귀신이라도 본 것처럼 혼이 빠진 표정으로 말이다. 위태롭게 서 있는 사람은 다름 아닌 엄마였다. 성미는 쓰러질 것 같은 엄마를 얼른 부축했다. 엄마는 몰골이 말이 아니었다. 하늘색 티셔츠는 온통 흙투성이였고 난도질한 것처럼 너덜거렸다. 축 늘어진 양손은 흙탕물 마른 흔적이 완연했고 손톱 밑까지 흙이 잔뜩 끼여 있었다. 도대체 엄마가 어쩌다 이 지경이 된 건지 성미는 속이 탔다. 성미가 몸을 펼쳐서 담요처럼 엄마를 감싸 안았다.

엄마의 눈동자가 초점을 맞추기 시작했다. 성미의 품에서 엄마가 말문을 열었다.

"……놈 안에 있지."

"놈? 저놈이 엄마한테 이런 짓을 한 거야?"

힘겹게 몸을 추스르자 엄마가 성미를 떼어 내며 말했다.

"위험이 닥치면 우리 둘 중 한 명은 반드시 살아남아야 하는 거 알지? 내가 알아서 처리할 테니 너는 꼼짝 말고 여기 있어."

엄마가 현관문을 열었다. 엄마를 혼자 들어가게 할 순 없다. 성미는 물결치듯 조용히 뒤따라 들어갔다.

쿵, 문이 닫히고 집 안에 정적이 흘렀다.

놈은 보이지 않았다.

성미는 바닥에 납작 엎드려 놈이 어디에 있을지 살폈다. 가장 유력한 곳은 거실과 마주한 주방 벽이었다. 저 벽 뒤에 숨어서 엄마를 지켜보고 있으리라. 성미는 주방으로 연결된 벽에 몸을 밀착시켰다.

스르르르르.

얼룩이 번지듯 성미가 벽을 타고 이동했다. 놈은 아직 성미의 존재를 모른다. 은밀하게 다가가 놈의 숨통을 조이겠다는 것이 성미의 작전이었다.

엄마가 비척거리며 주방 쪽으로 향했다. 주방 모퉁이를 두어 걸음 앞두고 엄마가 우뚝 멈췄다. 엄마가 가늘게 떨리는 목소리로 말했다.

"우리한테 왜 이러는 거지? 원하는 게 뭐냐고! 돈이야?"

성미는 소리치고 싶었다. 돈은 무슨, 저놈은 외계인 헌터라고! 엄마, 제발 조심 좀 해! 저런 식으로 위치가 노출되면 놈이 엄마에게 또 무슨 짓을 할지 몰랐다.

손으로 이마를 짚으며 엄마가 말을 이었다.

"그동안 노리고 있는 것도 모르고…… 내가 또 사람을 믿다니."

성미가 벽 모퉁이에 거의 도달하자 놈이 거칠게 숨을 고르는 소리가 들렸다.

"악!"

엄마가 외마디를 질렀다. 삽시간에 놈이 엄마 머리채를 감아쥔 것이었다.

놈은 검은 모자에 마스크까지 쓰고 있어 뻥튀기 트럭 앞에서의 어수룩함이라곤 찾아볼 수 없었다. 놈이 장갑 낀 손으로 엄마의 입을 막았다. 놈의 손아귀를 빠져나오려 저항하다가 엄마가 벽에 붙어 있는 성미를 발견했다. 엄마가 놀라서 눈이 휘둥그레진 순간 놈이 주머니에서 뭔가를 꺼내 들었다.

파바밧.

손끝에서 시퍼런 빛이 튀었다. 전기 충격기였다.

전기라니, 놈은 아메바리아인의 약점까지 알고 있단 말인가. 성미는 뒤통수를 맞은 것처럼 띵했다. 한심한 장비만 보고 상대를 과소평가한 것이 큰 실수였다. 엄마가 놈의 손아귀에 있으니 성미가 함부로 공격할 수도 없었다.

엄마가 꼼짝 못 하자 놈이 느물거렸다.

"진 사장 명줄 기네. 반전이 아~주 쫄깃해, 크크큭."

저 웃음. 성미가 어디선가 들어 본 웃음소리였다.

엄마가 휘청하고 몸의 방향을 바꿨다. 벽에 붙은 성미를 놈이 보지 못하게 하려는 거였다. 자세가 바뀌자 놈이 머리채에서 손을 놓고 재빠르게 팔로 엄마의 목을 감았다. 등 뒤에서 목을 조르는 통에 엄마는 더 위험한 상태가 되었다.

놈이 전기 충격기를 엄마 얼굴에 바짝 들이대고 속삭였다.

"이제 게임 끝! 이봐, 내가 원하는 건 알아서 챙길게."

휙!

성미가 촉수를 뻗어 놈의 머리를 공격했다. 머리카락 두께만큼의 차이로 성미의 일격이 비껴가고 말았다. 뒤통수의 빠른 공기 흐름을 감지하고 놈이 홱 고개를 돌렸다. 슬라임처럼 벽에 붙어 꿈틀거리는 성미를 보자 놈이 흠칫 뒤로 물러섰다.

"저, 저거…… 뭐야!"

이렇게 된 마당에 모습을 감추고 말고 할 필요가 없었다. 성미는 벽에서 흘러내려 놈을 향해 돌진했다. 놈이 뒷걸음질을 쳤다. 엄마가 뒤로 질질 끌려가며 숨넘어가는 소리를 냈다. 성미는 용암이 끓어오르듯 부풀어 올랐다. 세포질을 늘리고 외막을 변형시켜 천장에 닿을 만큼 키를 키웠다. 놈이 휘둥그레진 눈으로 성미를 올려다보았다. 모자 그늘에 가려 있던 눈이 보였다. 마스크 위로

드러난 놈의 눈매를 성미는 한눈에 알아봤다.

요사이 엄마를 환하게 웃게 했던 아르바이트생, 선량한 눈빛으로 성미마저 무장해제시켰던 현민이었다. 특이한 웃음소리도 기억났다. 돈 벌려고 안 해 본 일이 없다는 현민에게 성미가 말했었다. 지금까지 만나 본 사람 중에 오빠가 가장 착한 사람이라고. 그 말을 듣고 크크크, 현민이 짧게 웃었다. 성미는 현민이 민망해서 웃는 줄 알았다. 그게 아니었다. 그의 위선에 속은 성미를 비웃은 거였다.

성미는 분해서 전신이 부르르 떨렸다.

현민이 전기 충격기를 미친 듯이 휘두르면서 소리쳤다.

"가까이 오지 마! 시바, 집구석에 돈은 없고…… 이건 다 뭐야!"

엄마가 다시 몸부림치기 시작했다. 현민이 팔을 바짝 조이면서 엄마를 협박했다.

"아줌마, 저수지에 빠뜨려도 살아난 실력으로 이것 좀 어떻게 해 봐! 빨리!"

엄마의 찢어진 외피 사이로 점액질이 흘러 바닥을 적셨다. 빨리 엄마를 구해야 했다. 성미는 마음이 급해서 앞뒤 가릴 여유가 없었다. 엄마 목을 감고 있는 현민의 팔을 향해 외막을 내뻗었다. 당황해서 허둥대던 현민이 전기 충격기로 엄마의 배를 찔렀다. 이내 엄마 몸이 축 처졌다. 현민이 엄마를 바닥에 내동댕이쳤다. 그 순간 성미가 망토를 두르듯 휘리릭 놈의 상체를 휘감았다. 현민이 괴성을 질렀다.

"으으으으으아아악!"

목까지 감아 올라간 성미의 몸에 현민이 전기 충격기를 들이댔다.

파밧파밧 파밧파밧…….

온몸에 수십만 개의 커터 칼 조각이 박힌 것 같았다. 예리한 칼날들이 세포질 사이를 그어 대며 돌아다니는 고통, 그리고 경련이 일어났다. 성미는 고꾸라질 것처럼 휘청거렸다. 하지만 이대로 넘어질 수는 없었다. 성미는 촉수를 뻗어 전기 충격기를 쥔 현민의 손목을 휘감았다. 충격기의 방향을 현민의 얼굴 쪽으로 향했다. 현민은 무기가 자신에게 닿지 않게 하려고 안간힘을 썼다. 저항이 만만치 않았다.

성미는 몸에 힘이 점점 빠졌다.

그 틈에 현민이 자유로워진 손으로 전기 충격기를 옮겨 잡았다.

놈의 반격.

성미는 꼼짝없이 전기 충격을 받아야 했다.

정신이 아득해졌다.

마지막 힘을 모은 성미가 몸을 펼쳐 현민의 얼굴을 뒤덮기 시작했다. 목에서 입, 코 그리고 눈까지 덮자 현민이 축 늘어졌다. 성미가 무기를 빼내 멀리 날려 버렸다. 전기 충격기가 직선으로 날아가 유리창을 깨고 나갔다. 이내 성미는 정신을 잃었다.

딩동딩동.
쿵! 쿵! 쿵!
초인종 소리와 문 두드리는 소리가 번갈아 들렸다.
"진 사장님! 문 좀 열어 주세요. 학생! 안에 있어? 무슨 일이야!"
뻥튀기 아저씨의 목소리였다. 성미가 꿈틀꿈틀 몸을 움직였다. 엄마도 몸을 일으키려고 애쓰고 있었다. 문밖에서 다급한 목소리가 연신 들려왔다.
"일 났네. 아이고 진 사장님, 제발."
아저씨는 경찰서에 신고했으니 염려 말라면서 문을 열어 달라고 계속 외쳤다. 경찰이라는 말에 엄마와 성미가 눈이 마주쳤다.
"너 빨리 방으로 가."
"엄마 먼저 어떻게 해야 해."
멀리서 경찰차 사이렌이 들렸다.
엄마가 자기 몸을 내려다보더니 비틀비틀 안방으로 향했다. 성미는 엄마가 찢어진 옷을 벗고 보정 속옷을 입는 것을 도왔다.
"엄마가 시간 좀 벌어 줘. 그사이에 나도 어떻게 해 볼게."
옷매무새를 다듬는 엄마를 뒤로하고 성미가 거실로 기어 나왔다. 거실에 쓰러져 있던 현민이 상반신을 일으키고 있었다.

"씹어 먹어도 시원찮을 놈이 명은 더럽게 기네!"

샌드백 가격하듯 성미가 온몸을 날려 놈의 뒤통수를 후려쳤다. '퍽' 하고 현민이 바닥에 고꾸라졌다. 성미는 인간이라면 이제 넌더리가 났다. 인간을 통한 진화라니, 개뿔! 말 같지도 않은 소리였다. 조만간 아마존으로 떠나리라. 아니, 지구를 떠날 방도를 꼭 찾고야 말리라. 성미는 식식거리며 방으로 향했다. 성미가 방 문턱을 넘는 순간 엄마가 현관문 여는 소리가 들렸다.

"에구에구, 시라 씨 정신 차려 봐요. 이게 뭔 일이래요."

'시—라—씨?'

뻥튀기 아저씨가 엄마 이름을 불렀다. 성미야말로 이게 뭔 일인가 싶어서 방문 틈으로 현관 쪽을 내다보았다. 엄마가 쓰러질 듯 뻥튀기 아저씨 품에 안겨 있었다. 아저씨는 세상 귀한 사람 대하듯 엄마를 부축해 집 안으로 들어섰다.

집 앞에 도착한 경찰차 사이렌 소리가 요란했다.

방에 들어오기는 했으나 성미는 난감했다. 인간 진성미의 모습은 다시 봐도 처참했다. 손발이 묶인 채 침대에 얼굴을 파묻고 있는 외피에 손을 댈 수는 없었다. 현장 보존. 현민의 범죄 사실을 입증하려면 외피의 상태를 보존해야 한다는 것쯤은 성미도 알고 있었다. 하지만 청테이프를 둘둘 감아 입과 코를 막아 놨으니 성미가 외피 안으로 들어갈 방법이 없어진 셈이었다. 이제 곧 경찰이 들이닥칠 텐데 테이프를 떼고 말고 할 시간도 없었다. 아니나 다를까 건물 계단을 오르는 여러 명의 발소리가 들렸다. 성미는 마음이 급했다. 외피 어디로든 들어갈 만한 곳을 생각해야만 했다.

"아하!"

성미는 인간 진성미의 엉덩이를 향해 힘차게 돌진했다.

꿀렁꿀렁 외피 속으로 들어가면서 성미는 중3 겨울방학을 떠올렸다. 살얼음이 동동 뜬 저수지 바닥에서 고등학생 모습을 성형할 때였다. 엄마는 얼굴을 예쁘게 만드는 데 집중하라고 수도 없이 말했다. 하지만 외부에 노출된 인체 중에서 당시 성미의 호기심을 끈 것은 작고 오묘한 주름투성이 근육이었다. 성미는 바로 그 괄약근을 만드는 일에만 총력을 기울였다. 쓸모도 없는 부위에 신경 쓰느라 얼굴 망쳤다고 엄마한테 혼난 걸 생각하니 절로 웃음이 나왔다.

'이렇게 써먹을 줄이야.'

경찰들이 우르르 집 안으로 들어왔다.

뻥튀기 아저씨가 고조된 억양으로 자초지종을 늘어놓았다. 불여시같이 생긴 저 녀석이 일이 끝난 뒤에도 근방을 배회하는 게 수상했다, 녀석의 뒤를 밟았더니 약하디약한 모녀만 사는 이 댁을 계속 염탐하더라는 내용이었다.

성미는 '불여시'와 '약하디약한'이라는 대목에서 웃음이 터졌다. 경찰관 한 명이 엘이디 야광조끼를 보고 이건 뭐냐고 물었다. 또라이처럼 보여야 놈이 의심하지 않을 것 같아서 외계인을 잡으러 다니는 시늉을 했다고 아저씨가 너스레를 떨었다.

'헐, 내가 속았어!'

성미는 묘한 배신감과 함께 안도감이 몰려왔다. 그리고 미안한 마음이 들었다. 잘 알지도 못하고 애먼 아저씨를 오해했으니 말이다. 아저씨는 탐정 영화의 주인공이라도 된 것처럼 목에 핏대를 세우고 말을 이었다.

"오늘도 별일 없나 하고 빵집 주변을 순찰하는데요, 난데없이 유리 깨지는 소리가 났어요. 그러더니 뭔가 뚝 떨어지는 거예요. 뛰어가서 보니까 이거더라고요. 아차, 이거 뭔 일 났구나 싶었지요. 그래서 신고하고 바로 이리로 왔더니……."

아저씨의 말을 듣고 있자니 성미는 배 속이 몽실몽실 뜨듯해졌다. 그런데 갑자기 아저씨가 버럭 소리를 질렀다.

"시라 씨는 귀찮게 하지 말아요. 내가 다 설명하는데 우리 시라 씨는 왜 괴롭히냐고요. 아아, 저리들 비켜요, 비켜!"

아저씨는 안방으로 뛰어가 엄마에게 질문하는 경찰관을 밀어냈다. 성미는 고개를 갸웃했다. 시라 씨도 좋고 우리 시라도 상관없다 이거야. 하지만 쌀 튀밥이랑 뻥튀기를 사들인 단골 학생은

까맣게 잊으셨나? 이건 좀 너무한 거 아닌가!

'저기요! 여기 꽁꽁 묶인 고딩이 있다고요. 이게 무슨 경우냐고요. 숨도 못 쉬고 끽소리도 못 하는 청소년 좀 발견해 달라고요. 이 집에 엄마 말고 나도 있다고요……. 제발 아무나 내 텔레파시 좀 받아 줘요……. 제……발.'

그때였다. 성미의 텔레파시가 닿았는지, 구원자가 나타났다.

"여기 사람이 있다!"

구원자가 침대 곁으로 달려와 무릎을 낮춰 앉았다. 그러고는 부드러운 목소리로 성미를 안심시켰다.

"이제 괜찮아요. 무서워하지 말고 조금만 참아요. 내가 풀어 줄게요. 이제 내가 학생 몸에 손을 댈 겁니다. 놀라지 마시고……."

성미는 보지 않아도 이 사람이 얼마나 자상한지 느낄 수 있었다. 코와 입을 열어 숨 쉴 수 있게 하는 손길이 따뜻했다. 가위로 나일론 끈을 끊을 때 성미가 다치지 않게 세심한 배려를 했다. 험한 꼴을 당하고 충격받았을 것이 염려되는지 안심하라는 말을 끊임없이 하면서 말이다. 그때 경찰관 한 명이 방으로 들어왔다.

"남 순경, 용의자 확인 좀 해 줘. 그, 왜 있잖아, 신림동 원룸 털이범 말이야. 여성들만 노리고 다닌다는, 그놈 같은데?"

목소리를 낮춰 알았다고 대답한 뒤 남 순경이 그 경찰을 내보냈다. 매우 조심스럽게 성미의 얼굴에 김긴 나머지 테이프를 떼어 말했다.

"하마터면 큰일 날 뻔했어요. 잘 버텨 줘서 고마워요."

자기보다 어린 사람한테도 끝까지 존대하는 저 멋짐!

인간 진성미와 아메바리아인 성미가 동시에 가슴속이 둥둥거렸다. 발목에 묶였던 나일론 끈이 마지막으로 제거되었다. 성미가 몸을 일으키려 하자 남 순경이 성미의 등을 팔로 감싸 부축했다. 성미가 남 순경을 올려다보았다. 가무잡잡한 피부에 약간 각질이 일어난 입술이 눈에 들어왔다. 성미의 등을 도닥이며 남 순경이 미소 지었다. 한쪽만 쌍꺼풀진 남 순경의 두 눈이 반달 모양이 되었다. 성미는 심장이 쿵 했다. 남 순경이 이제 안심하라며 자리에서 일어섰다. 성미가 자세를 고쳐 앉으며 다짜고짜 물었다.

"근데 이름이 뭐예요?"

미소 띤 얼굴로 남 순경이 대답했다.

"저는 관악 경찰서 남지우 순경입니다. 일단 학생은 여기서 쉬고 있어요."

남 순경이 방을 나갔다. 올림머리를 한 머리망 리본을 손으로 매만지면서 말이다.

이런 지구인도 있다니 성미는 믿기지 않았다. 뻥튀기 아저씨한테서 받은 감동에 연타로 가슴 뛰게 하는 지구인까지. 성미는 처음으로 인간 껍데기 안 말랑한 존재들이 느껴졌다.

설렜다. 달콤한 먹거리를 보고 가슴이 뛰는 것과는 상대가 되지 않았다.

성미는 아마존으로 떠나지 못할 이유가 바뀌게 될 것 같은 예감이 들었다.

이성을 볼 때 **어디**를 가장 먼저 보니? 라는 질문을 받으면 당황한다. 유독 두 단어가 도드라지게 귀에 걸리면서 말이다. 남들은 금방 하는 대답을 나는 왜 못 하는지를 톺아보다 〈아메바리아〉가 탄생했다. 경계가 모호한 성미 덕분에 사람들을 다른 시선으로 볼 수 있게 되었다. 이야기가 진행될수록 위의 질문이 불편했던 이유도 알게 되었다. 작품이 마무리되자 성미가 내 안에서 살기 시작했다. 열일곱 살 주인공이 앞으로 만날 사람들과 사건들 속에서 성미는 성장할 것이다. 마치 여러분처럼.

_김명

보호감찰봇
리베라

한수언

보호감찰봇 B-3027이 멍하니 창밖을 바라보는 가솔을 조심스레 지켜봤다.

'체온 정상, 호흡수 규칙적, 혈압과 맥박도 정상.'

가솔의 몸에 부착된 세이프 밴드에 접속해서 수치를 확인하고 나서야 안심이 들었다. 활력 징후야 이상이 없다지만 기분까지 알 순 없었다. B-3027은 아까부터 말이 없는 가솔의 옆모습을 골똘히 들여다봤다. 쉴 새 없이 종알종알 떠들어 대던 어제와는 사뭇 달랐다.

"이 시간에 학교 째고 아무것도 안 하는 것도 좋네."

턱을 괸 가솔이 나른한 목소리로 말했다. 아마도 보호감찰봇의 시선이 느껴져서 입을 연 것 같았다. 불과 며칠 전 머리에서 피를 흘리며 긴박하게 구급차에 실려 온 것과는 차원이 다른 한가로운 풍경이었다.

"그 저기, 뭐냐……."

"무슨 할 말 있나요?"

"B-272? B-8282? 어려워! 로봇이지만 공무원이잖아요. 쉽게 부를 이름 없어요?"

"다른 아이들은 '담당자님'이나 '저기요'라고 부르던데. 가솔 님이 원하는 대로 불러요."

"에이, 그건 아니죠. 제가 숫자에 약해서 잘 못 외우니깐…… 이름을 지을까요? 리베라 어때요? 괜찮다면 리베라라고 부를게요."

"뭐, 좋을 대로 하세요."

삐이.

김가솔의 범죄 유전 지수 테스트 결과지가 나왔다는 신호음이 울렸다. 리베라를 바라보는 가솔의 눈동자가 순간적으로 흔들렸다. 리베라가 결과지를 받아 들자 가솔의 다리가 달달 떨렸다.

"폭력 성향이 높대요? 그럼 저 어디로 끌려가요? 설마 교정 시설?"

리베라가 결과지를 펼쳐 수치를 확인시켜 주자 가솔의 눈이 휘둥그레졌다.

"안심해요. 보금자리 아파트에 머물게 되었으니."

2052년 현재, 가정폭력 신고가 들어오면 아동·청소년 보호법이 발효돼서 아이는 부모와 즉시 분리된다. 가해자인 부모가 바로 처벌을 받는 것은 아니다. 부모는 정부에서 체계적인 치료가 가능하다고 홍보하는 친족폭력 가해자 교정 시설에 들어간다. 거기서 범죄 유전 지수 테스트를 받은 후 각 레벨에 맞는 치료와 시술이 이뤄진다. 피해 아동·청소년도 마찬가지다. 전문가들은 일부 폭력 범죄가 부모로부터 받은 학대의 연장선에 있다고 주장했다. 선천적으로 '카데린 13'과 '모노아민 옥시다제A'라는 폭력 유전자를 대물림받은 이들의 범죄율이 점차 높아졌다는 것이다. 그들은 과학 기술로 이를 제어할 수 있다고 믿었다.

 아동·청소년이 가정폭력으로 사망하는 경우가 빈번히 발생하고 더 이상 좌시할 수 없는 문제가 되자 정부에서는 부랴부랴 보호법을 제정했다. 일단 아이들은 초등학교에 입학하면 일괄적으로 '아지랑이 콜' 기기를 하나씩 지니게 된다. '아(이를) 지(키고) (사)랑(하는) 이'라는 뜻이다.

 조금이라도 학대의 끔찍함을 경험했다면, 그래서 보호받길 원한다면 '아지랑이 콜' 버튼을 누르기만 하면 된다. 그럼 정부가 신속하게 나서서 피해자를 보호했다. 경우에 따라서는 평생 친부모가 접근하지 못하도록 할 수도 있었다. 가솔도 이 보호 조치의 엄중함을 알기에 신중하게 생각하고 생각하며 5년을 참았다.

문제의 발단은 아버지의 재혼이었다. 처음 본 계모의 너그러운 인상과 세심한 배려에 가솔은 긴장을 풀 수 있었다. 유치원 교사라는 말도 가솔의 경계심을 느슨하게 만들었다. 너무 어릴 적 엄마가 병으로 세상을 떠난 탓에 모성이 고팠던 것이다.

결혼식이 끝나자마자 계모는 언제 그랬냐는 듯이 상반된 태도를 보였다. 가솔의 말을 무시하는 것은 기본이고 거의 없는 사람 취급할 때도 많았다. 그런 냉대도 차츰 익숙해질 때쯤 계모는 완전히 본색을 드러냈다.

"어휴, 아침부터 밥이 안 넘어가네. 가솔이 쟤는 왜 주는 것 없이 미울까?"

밥을 먹던 가솔은 제 귀를 의심했다. 미움이 노골적으로 드러난 눈초리, 미간에 짙게 돋은 짜증 섞인 주름살은 계모의 말에 진실을 더했다. 아빠의 무반응까지 더해져 가솔은 몸이 얼어붙는 것만 같았다.

"대충 먹고 좀 나가지? 그만큼 컸는데 어쩜 눈치도 없니? 우욱!"

"당신 괜찮아? 속이 또 안 좋아?"

"너무 걱정하지 마. 임신 3주에 이 정도 입덧은 흔하대."

"어쩌나……. 우리 아기가 벌써 엄마를 고생시키네!"

아빠와 계모 앞에서 가솔은 투명 인간이나 다름없었다. 몇 순가락 뜨지도 않았는데 가솔까지 속이 울렁거리면서 체할 것 같았다. 가솔은 조용히 일어서서 방으로 들어갔다.

"아. 무. 튼. 그때 어렴풋이 깨달았죠!"
가솔이 손가락을 튕기며 명랑하게 말했다.
"내가 그 집에 붙어 있을 날이 얼마 남지 않았다는 걸. 예상대로 아줌마는 툭하면 날 갈구고 손찌검을 일삼았어요."
리베라는 쓸쓸한 표정으로 씩씩하게 말하는 가솔이 안쓰러웠다.
"하지만 이제는 안심해요. 가솔 님의 미래는 자유롭게 선택할 수 있어요. 양부모와 보육기관이라는 두 가지 선택지가 있죠. 유예 기간 동안 제가 전담해서 도울 테니깐 차분히 생각하면 됩니다."
"저 혼자서 잘 결정할 수 있을까요?"
"가솔 님은 결코 혼자가 아니에요. 가솔 님을 도우려는 좋은 사람들이 있고 저 같은 로봇도 있으니까요."
"고마워요, 리베라."
아직 익숙지 않은 이름에 리베라는 멈칫했다.

*

"우아, 여기가 제가 머물 아파트예요? 생각보다 근사한데요?"

"피해 아동·청소년이 위화감을 느끼지 않도록 일반 거주민 구역에서 살게 하고 있어요. 3주의 유예기간 동안 다양한 교육 프로그램은 물론이고 심리 상담도 받을 수 있지요."

"제가 묵을 곳은 몇 층이에요? 빨리 가 보고 싶어요!"

가솔이 보채며 리베라의 팔을 잡아끌었다. 부산스러운 재촉에 리베라가 멈칫하자 가솔이 잽싸게 팔을 놨다.

"아, 죄송해요. 이러면 안 되는데……. 그러니까, 저기 빨리 들어가야 안심이 될 것 같아서, 그래서 저도 모르게 그만……."

가솔이 당황해하며 말을 더듬었다. 리베라는 가솔의 떨리는 손을 가만히 잡았다. 일그러진 가솔의 얼굴이 조금씩 펴질 때까지.

리베라는 3년 동안 보호감찰봇으로 일해 왔다. 가정폭력을 경험한 아이들 대부분은 아직 가시지 않은 공포와 두려움을 숨기지 못했다. 새로운 환경에서 오는 혼란과 부모를 직접 고발했다는 죄책감이 뒤섞인 표정은 안타까울 따름이었다. 피해 아이들을 안심시키고, 해묵은 분노를 허심탄회하게 털어놓게 하고, 그들의 심리 변화를 관찰하는 것이 리베라의 임무였다. 로봇이지만 편견과 오해 없이 최대한 아이들 편에서 힘이 되어 주고자 노력했다. 하지만 몇몇 아이들은 그런 노력을 단순히 프로그램의 명령에 의한 진정성 없는 행위로 얕잡아 보기도 했다. 무엇보다 아이들은 사랑에 목말라 있었고, 그건 로봇 따위가 감히 해결할 수 없는 영역이었다. 그래서일까, 3주가 지나도 아이들과 데면데면한 상태는 크게 나아지지 않았고, 리베라는 그게 보호감찰봇의 한계라고 생각했었다.

　가솔은 조울증을 앓고 있었다. 피부에 남은 짙푸른 멍과 손톱 자국이 무색하도록 밝게 웃고 횡설수설 떠들다가도, 한없이 깊은 우울감에 몇 시간씩 무력한 모습을 보이기도 했다. 또 별거 아닌 일에 감정을 억누르지 못하고 분노를 표출하기도 했다. 이웃들의 증언에 따르면 원체 밝았던 아이라고 했다. 리베라는 가솔이 본모습을 되찾을 때까지, 할 수만 있다면 한계를 뛰어넘어서라도 보살펴 주고 싶었다. 왜인지는 몰라도 다른 아이들보다 이상하게 마음이 쓰였다.

　아파트 엘리베이터의 버튼을 눌렀다. 문이 열리고 불그스름한 얼굴빛의 중년 남성을 마주했다. 리베라를 본 남자의 얼굴이 순식간에 일그러졌다.

　"에이 씨. 재수 없게. 이놈의 아파트 이사를 해야지."

　리베라는 못 들은 척 서둘러 가솔의 어깨를 밀었다.

　"박복한 것들을 왜 자꾸 여기로 끌고 오는 거야. 민원을 넣든가 해야지 진짜. 부모들 고발하는 배은망덕한 것들을 왜 내 세금으로 먹이고 재워 줘야 해!"

　남자는 엘리베이터에서 내려서도 목청껏 떠들어 댔다. 가만히 듣던 가솔의 미간에 주름살이 돋았다. 이내 흥분을 가라앉히지 못하고 손을 번쩍 들었다.

"아저씨! 지금 저희보고……."

리베라가 연타로 닫힘 버튼을 누른 덕분에 쓸데없는 말싸움은 나지 않았다.

"이거 놔 봐요! 우리 들으라고 한 거 맞잖아요!"

"다른 일로 기분이 나빴을 거예요. 호흡에서 알코올 냄새도 났고요. 괜히 휘말려서 불필요한 언쟁을 벌일 필요는 없어요."

"잘 알지도 못하는 어른들한테 이유도 없이 비난받는 거 기분 나빠요."

"가솔 님의 취향을 고려해서 방의 벽지와 침구를 교체했는데 마음에 드셨으면 좋겠네요."

리베라는 애써 무시하며 화제를 돌리려 했지만, 가솔은 여전히 탐탁지 않은 눈치였다.

"나도 다 알아요. 사람들이 우릴 어떻게 생각하는지. 성인이 된 가정폭력 피해자가 예전에 머물던 아파트의 입주민에게 보복했다는 기사 저도 봤어요. 왜 저러는지 아예 이해 못 하는 건 아니지만, 그래도 대놓고 이러는 건 너무해요."

가솔이 이야기하는 사건은 0.1% 확률의 특이한 경우였다. 유전자를 편집하고 삭제하는 과정에서 미처 발견하지 못하고 변이된

폭력 유전자로 인해 또다시 범죄를 저질렀고, 그 사람은 재사회화 불가 판정을 받았다. 그 말은 정상 사회에서 추방되어 죽을 때까지 교정 시설에 머물러야 한다는 걸 의미했다.

범죄를 차단한다는 신기술은 아쉽지만 100% 완벽을 자랑하지 못했다. 유전자 제거술을 받은 사람들은 잠재된 폭력성이 자신을 집어삼킬지도 모른다는 불안에 시달렸다. 지금이야 정상으로 판명됐지만 어떤 시점에 다시 비정상의 범주에 들지 모른다는 가능성을 가솔도 어렴풋이 알게 되었다.

"일어나지 않은 일을 미리 걱정하지 않는 게 좋아요. 기술은 나날이 발전하고 있어요. 머지않아서 그 나머지의 오류도 차단할 수 있을 거예요."

"그건 그렇지만……."

"이 아파트에 가솔 님 또래가 한 명 더 있어요. 이름이 '박영인'이라네요."

"아, 그래요? 심심하진 않겠네요. 근데 걔도 저랑 친구 하고 싶을까요?"

"박영인 학생이 희망 사항에 '같이 수다 떨 친구가 있었으면 좋겠다'라고 썼더군요. 그래서 제가 가솔 님께 먼저 물어본 거예요."

"그래요? 몇 호에 산대요? 제가 이따가 찾아가 볼게요."

"가솔 님은 504호, 그 친구는 702호네요."

"잘됐네요."

현관문을 열고 들어섰다. 창 너머로 쏟아지는 햇빛이 작은 거실을 아늑하게 비추고 있었다.

"우아, 멋지다! 혼자 지내기에 이 정도면 완전 굿인데요."

"3주 동안 머물 곳이에요. 하루빨리 좋은 양부모를 만날 수 있도록 우리 기관에서도 최선을 다하고 있어요. 가솔 님이 상처받은 마음을 회복하고 미래를 준비할 수 있도록 제가 매일 와서 격려하고 상황을 지켜볼 겁니다."

리베라는 다시 한번 가솔이 묵을 방에 문제가 없는지 점검했다.

"마음을 회복하고 미래를 준비하라니, 말씀은 고맙지만 전 지금도 나쁘지 않아요."

"네? 그게 무슨 말인지……."

"남들이 보기엔 제 처지가 불행할지 모르겠지만 어쨌거나 이렇게 탈출했잖아요. 이런 작고 귀여운 집에서 자취도 해 보고. 헤헤, 독립은 늘 제 꿈이었거든요."

"내일부터는 정해진 스케줄에 맞춰서 생활할 겁니다. 여기 있는 동안 꼬박꼬박 생활 일지도 써야 하고요. 오늘은 첫날이라 피곤할 테니 이만 쉬면서……."

거실로 나오자 가솔은 이미 두 다리를 쩍 벌린 채 소파에 드러누워 있었다. 오래전부터 여기서 산 것처럼 편안한 자세였다.

"이렇게 두 다리 뻗고 소파에 누워 본 게 얼마 만인지 모르겠어요. 새엄마가 때리기 시작한 후부터는 내 방에만 있었거든요. 집에서도 시시티브이 때문에 마음 놓고 있었던 적이 없어서. 앗, 미안해요! 얘기하고 계셨는데 저도 모르게 긴장이 풀려서, 히."

가솔이 말간 얼굴로 빙그레 웃었다. 리베라는 이 순간 어떤 대꾸가 어울릴지 잠시 고민했다.

"참, 형제가 있던데. 위로 나이 차이가 꽤 나는……."

"열한 살 위의 오빠가 있어요. 오빠가 일찍 결혼해서, 같이 산 기간이 길진 않았어요."

"오빠가 함께 살았다면 가솔 님이 마음 기댈 곳이라도 있었을 텐데 말이죠."

"기댈 곳이라……. 오빠도 누군가에게 기대려고 빨리 결혼을 서두른 건 아닐까요? 오빠랑 전 아주 많이 달라요. 오빠는 아빠를, 저는 돌아가신 엄마를 닮았죠."

오빠 이야기를 하는 가솔은 부쩍 침울해 보였다.

"성격이 달라서 좋은 점도 있지요. 부족한 점을 서로 채워 주기도 하니깐요."

"글쎄요. 전 잘 모르겠네요."

가솔의 목에 걸린 펜던트가 햇빛에 반사되어서 반짝거렸다. 연한 핑크빛이 도는 하트 모양 스톤이었다.

"목걸이가 예쁘네요."

가솔이 손가락으로 펜던트를 만지작거리며 애틋하게 바라보았다.

"어렸을 적 친구가 남기고 간 선물이에요. 저한테는 무척 소중한 물건이죠."

"남기고 갔다면······. 친구는 어디 먼 곳으로 떠난 건가요?"

"어쩌면요. 그 친구가 잘 살았으면 좋겠는데 안부를 물어볼 수가 없네요······."

가솔의 눈빛에 묻어나는 쓸쓸한 기색을 리베라는 놓치지 않았다. 이런 사소한 기록까지 모조리 남기고 싶었다. 불과 며칠 전 알게 된 아이지만, 진심으로 그가 좋은 가정을 만났으면 하고 바랐다.

로봇의 활용은 인간 한계를 뛰어넘는 단순 노동 업무에서 시작하여 이제 가벼운 심리 치료와 정신 분석까지 이르고 있다. 사소한 오차 범위를 줄이고자 개발한 딥러닝 AI칩도 나날이 발전하고 있다. 리베라가 보호감찰봇이 되지 않았다면 이렇게까지 인간을 가까이서 관찰하고 느낄 순 없었을 것이다. 리베라는 과거 폐기 처분이 될 뻔한 신세에서 구사일생으로 새 하드웨어를 얻고 새로운 역할을 부여받았다. 자신을 구해 준 인간에게 도움이 되고 싶었다. 보호감찰봇이 되고 외로움이라는 감정을 학습하고 나서야

비로소 어렴풋이 알 수 있었다. 인간이든 로봇이든 서로에게 기대어 살아간다는 것을.

"서로 인사해요. 이쪽은 저랑 동갑인 제임스 로라."
"어머 귀엽게 생겼다. 안녕, 리베라?"
제임스 로라는 이름만큼 외모도 화려했다. 한쪽은 금발, 한쪽은 은발의 웨이브 머리, 강렬한 색깔의 아이섀도와 빛을 받을 때마다 번쩍이는 블러셔, 주렁주렁 걸친 액세서리가 시선을 끌었다. 거기에 방금 무대에서 뛰쳐나왔다고 해도 믿을 수 있는 튀는 옷차림, 아찔하게 높은 부츠까지 더해 성별을 구분하기도 까다로웠다.
"안녕하세요. 제임스 로라 님? 기록에는 이름이 '박영인'이라고 되어 있던데요."
"어머, 그 이름은 잊어 주세요. 전 '네오'라고요. 부모님이 지어 주신 촌스러운 이름 대신 글로벌 시대에 걸맞게 영어 이름을 쓰죠. 저는 미국에 갈 거예요. 꿈이 배우이기도 하고, 어렸을 적부터 줄곧 할리우드 드림을 꿈꿨거든요."
"아까 리암 데이비슨 성대모사 보여 줬는데 완전 똑같아요. 얘 진짜 장난 아니에요."
가솔이 엄지손가락을 보이며 치켜세웠다.

"어머, 너 사람 볼 줄 안다!"

이분법적인 성의 구분을 벗어난 이들은 이전에도 논바이너리라고 일컬어지며 존재감을 드러냈었다. 하지만 현재의 네오들은 더 적극적으로 활동했다. 남성과 여성의 이름을 동시에 쓰며 자신의 존재감을 뽐내기 위해 과장된 유니섹스 옷차림을 즐겨 했다. 물론 이들을 보는 기성세대의 시선은 곱지 않았다.

한 주민이 제임스 로라의 튀는 외모가 불쾌하다며 항의했다는 이야기를 리베라는 오늘 아침에 들어서 알고 있었다. 아무런 위해를 끼치지 않았는데도 불구하고 어떤 인간은 존재감만으로도 타인을 불편하게 한다는 사실이 리베라는 낯설게 느껴졌다.

"아무튼 박영인이라는 그런 구질구질한 이름은 꺼내지도 말아요. 듣기 싫어!"

제임스 로라가 질색하며 손사래를 쳤다. 소매가 바람에 부풀어서 아직 아물지 않은 손목의 자해 상처가 드러났다. 한눈에 보기에도 고통스러운 흔적들을 가솔은 가만히 바라보다 입을 열었다.

"많이 아팠겠다. 이젠 괜찮아. 다 잘될 거야. 우리 정말 멋지게 살자. 넌 꼭 훌륭한 배우가 될 수 있을 거야."

작지만 분명한 목소리였다. 그동안의 아픔을 어루만지듯 가솔은 제임스 로라의 등을 토닥였다. 내색하지 않은 척하던 제임스 로라의 얼굴이 조금씩 씰룩거렸다.

"으응. 우리 꼭 그러자, 가솔아."

약간 목이 멘 듯 코맹맹이 목소리였다. 제임스 로라의 눈가에 말간 물이 고였다. 리베라도 H_2O, 라이소자임, 글로블린, 로이신 등의 성분으로 이루어진 저 눈물이 갖고 싶었다.

하드웨어가 보호감찰봇으로 교체되어 초기화될 때 이전 로봇의 메모리는 전부 삭제되었다. 하지만 알 수 없는 오류로 종종 마지막 순간의 영상이 어렴풋하게 남아 있는 건 리베라만의 비밀이었다. 누군가 리베라를 떠나보내며 울고 있는 장면이었다. 이름도 얼굴도 기억도 안 나는 인간이 자신을 위해 흘렸던 눈물만은 여전히 많은 물음표를 안겨 주었다. 기쁨, 슬픔, 서러움, 두려움……. 인간의 다양한 감정이 희석된 분비물. 로봇도 흉내는 낼 수 있겠지만 그건 그냥 학습된 감정의 결과물에 불과했다.

어떤 인간들은 로봇처럼 가짜 눈물을 흘렸다. 법정에서 결백을 주장하며 울던 가솔의 부모가 그랬다. 끝내 자신들에게 불리하게 판결이 돌아가자 그들은 즉시 눈물을 거두고 가솔을 노려보며 이를 갈았다. 가솔은 반사적으로 땅바닥에 고개를 처박았다. 눈초리에 얻어맞은 것처럼 힘이 없었다. 은혜를 원수로 갚는다며 종주먹을 들이대는 아버지에게선 일말의 희망도 찾을 수 없었다.

재판이 끝나면 어떤 아이들은 자신이 잘못 생각했다는 혼란에 빠져 취소를 요청하기도 했다. 재판 과정이 가뜩이나 불안한 아이들의 심리를 더 극한의 상태로 내모는 것이다. 그런 아이들에게는 담당의가 배정되어 안정을 찾도록 돕는다. 리베라도 가솔이 혹여나 그런 마음을 품을까 걱정했다. 하지만 기우였다.

"가인이가 불쌍해요. 저런 부모님 밑에서 자랄 거라고 생각하니."

네 살배기 아이가 자지러지게 우는데도 계모는 원통함을 호소하며 씩씩거릴 뿐이었다. 마지막 순간, 한바탕 아수라장이던 법정을 빠져나가기 전까지 가솔은 동생 가인이에게 지그시 눈을 맞추고는 등을 돌렸다.

"가인이의 웃는 모습을 못 보는 게 제일 서운해요."

길고 긴 불행 중 그나마 위안을 주던 기쁨이었을 것이다. 다신 볼 수 없다는 상실감 때문에 줄곧 덤덤하던 가솔의 눈에서 한 줄기 말간 눈물이 흘러내렸다.

초인종을 여러 차례 눌렀는데도 집은 조용했다. 보호감찰봇이 방문하기로 약속된 시간에는 아이가 집에 있어야 한다. 요 며칠 집을 비우는 횟수가 느는 것이 다소 염려스러웠다. 아직까진 큰 문제가 아니라서 서류에 올리지 않았지만, 마냥 넘어갈 수만은 없었다.

정부가 피해 아동·청소년에게 주거를 제공하는 것에는 나름의 이유가 있었다. 범죄 유전 지수 테스트에서 놓친 사소한 오차 범위까지 데이터로 남겨서 만에 하나 있을 오류를 바로잡겠다는 의도였다. 피해 아동·청소년들을 사회 구성원으로 복귀시키기 위해 정부는 막대한 예산을 쏟아부었다. 그렇기에 기준에 조금이라도 못 미치면 강제력을 행사하여 다음 절차를 집행했다. 리베라는 가솔이 현명한 선택을 할 수 있게 최대한의 여지를 만들어 주고 싶었다.

"으악! 죄송해요, 리베라. 길이 너무 막혀서 늦었어요."

가솔과 제임스 로라가 양손에 쇼핑백을 들고 헐레벌떡 뛰어왔다. 약속 시간보다 24분을 지각한 상태였다.

"그러게, 내가 버스 타지 말고 택시 타자고 했잖아! 내가 돈 낸 대도 부득부득 우기더니만. 가솔이는 잘못 없어요. 제가 같이 쇼핑 가자고 했거든요. 너무 마음에 드는 바지가 있었는데 사이즈가 없어서 다른 지점에서 배달받느라 늦었지 뭐예요!"

"아니에요, 제 잘못이에요. 바지 올 동안 제가 아이스크림 먹자고 졸랐어요."

"그거야 쇼핑몰이 원체 넓으니까 그랬지."

서로에게 떠밀지 않고 필사적으로 제 책임이라고 말하는 것이 귀여웠다.

"됐습니다. 제임스 로라 님 보호감찰봇도 기다리고 있을 테니

어서 가 보세요."

"에엑? 저도요? 전 내일 오는 날…… 맞다. 깜빡했네, 시간이 바뀐걸! 아우, 미치겠네. 내 담당 로봇은 피도 눈물도 없는데! 가솔아 간다! 내일 봐!"

사색이 된 제임스 로라가 계단으로 성큼성큼 뛰어갔다.

"어제에 이어서 오늘도 늦었네요, 가솔 님. 담당자와의 약속 시간에 지각하면 어떻게 되는지 잊으신 건 아니겠죠?"

"죄송해요. 입이 열 개라도 할 말이 없어요. 몇 년 동안 쇼핑몰에 가 본 적이 없어서 너무 들떴나 봐요."

"설마 생활비를 다 쓰고 온 건 아니겠죠?"

"그게…… 자제하려고 했는데요, 정말 그랬는데…… 여름옷도 다 후줄근하고 신발 밑창도 다 떨어지고 뒤꿈치도 구멍이 나서…… 딱 이 셔츠랑 원피스랑 운동화 한 켤레만 사려고 했거든요. 다니다 보니 이것도 사고 싶고, 저것도 사고 싶고……."

흥분한 가솔이 횡설수설하며 말했다. 리베라가 쇼핑백 속 물건들을 살폈다. 실밥이 다 터진 낡은 운동화 한 켤레와 값싼 재질의 여름옷들이 한데 뒤섞여 있었다.

"다 쓴 건 아니지만 돈이 조금밖에 안 남았어요……."

가솔이 기어들어 가는 목소리로 어물거렸다.

"흠, 할 수 없죠. 필요한 것 사라고 생활비를 준 거니깐 잘했어요. 그동안 쇼핑 못 해서 우울했을 텐데 가끔은 이렇게 질러 줄 때도 있어야죠."

"고마워요, 리베라! 제 맘 이해해 줘서. 이 새 원피스, 목걸이랑 잘 어울리죠?"

가솔은 금세 해맑은 얼굴로 제자리에서 빙그르르 돌았다.

"기분 전환도 좋지만, 조만간 최종 선택을 해야 하는 것도 잊지 마세요. 저는 가솔 님이 좋은 양부모와 매칭되길 바라는데 사소한 잘못들이 보고서에 남으면 곤란하니까요."

가솔의 얼굴이 급속하게 어두워졌다.

"아…… 전 양부모까진 생각 안 해 봤어요."

"이미 기관에서 한차례 설명했겠지만, 걱정은 붙들어 매도 좋아요. 전문가들에게 엄격하게 공인받은 부모와 매칭이 될 거예요. 조금이라도 가솔 님에게 피해가 가는 일이 발생한다면 자격 박탈은 물론이거니와 재산 몰수 같은 경제적인 제재가 들어가니 안심해요. 만약 바로 매칭되는 게 달갑지 않으면 정부가 운영하는 보육기관에 들어가도 됩니다. 아무래도 단체이다 보니 약간의 불편 사항은 감수해야 하겠지만요. 하지만 보통의 경우, 좋은 길을 놔두고 굳이 어려운 길을 택하진 않아요."

가솔이 망설이는 듯한 얼굴로 리베라를 바라보았다. 말을 할까 말까 고민하는지 입을 달싹거리는 걸 리베라는 차분히 기다렸다.

"많이 돌아다녀서 그런지 오늘은 좀 피곤하네요. 날이 더워서 그런지 머리도 좀 어지럽고요. 내일 일찍 와 주시면 안 될까요? 생활 일지는 오늘 안에 써서 업로드할게요."

리베라가 가솔의 머리에 손을 댔다.

"살짝 미열이 있군요. 알겠어요. 병가로 처리하죠. 그럼 푹 쉬세요."

가솔에게 무슨 문제가 있는 걸까. 엘리베이터 안에서 리베라는 골똘히 생각에 잠겼다. 1층에 도착해 문이 열리자마자 고함이 들려왔다.

"어휴! 남사스럽게 사내새끼가 쪽팔린 줄도 모르고 진짜. 말세다, 말세!"

또 그 남자였다. 멀찍감치 떨어져서 귀가 벌겋게 달아오른 채 울먹이는 제임스 로라를 보자 상황이 대충 이해되었다.

"진정하세요. 계속 이렇게 청소년의 수치심을 유발하는 언어폭력을 일삼는다면 법적인 조치를 취하겠습니다."

"너 지금 뭐라고 그랬어! 이 깡통 로봇이 지금 멀쩡한 시민을 협박해? 인간들 일자리까지 넘보는 것도 열받는데 뭐 신고오? 그래 어디 해 봐라! 해 봐!"

남자가 삿대질할 때마다 리베라도 따라서 긴장했다. 타인과의 차이를 받아들이지 않겠다는 완고한 고집과 경멸 어린 시선이 오늘따라 아프게 다가왔다. 고작 이런 자의 손끝에 제임스 로라를 다치게 할 순 없었다. 리베라는 제임스 로라를 등 뒤에 두고 철벽 방어했다. 그때 중년의 여자가 공동 현관으로 들어왔다.

"어이구, 내가 못 살아 정말. 먼저 들어가겠다더니 여기서 또 시비야! 시간도 늦었는데 그만하고 집에 가요. 쟤들 어차피 한 달 동안만 있는 거 알잖아."

여자는 남편 등을 떠밀며 막무가내로 엘리베이터 안에 밀어 넣었다. 언짢은 얼굴로 뒤돌아서는 여자의 얼굴을 보아하니 곧 2차전이 시작될 모양이었다.

"처음 보는 얼굴인데? 언제 왔어요?"

"……"

"많이 놀랐죠? 평소엔 괜찮은 사람인데 술만 마시면 꼭 삐딱해진다니깐. 또 안 맞춰 주면 피곤하게 굴어서……. 학생 미안해요. 내가 대신 사과할게요."

"네? 아, 아니 저는……."

"우리 아들도 네온지 뭔지라서 서로 얼굴만 보면 으르렁대거든. 범죄를 저지른 것도 아닌데 그깟 옷차림 가지고 왜 애를 쥐 잡듯이 잡는지 몰라. 촌스러운 양반."

리베라는 충격을 받았다. 이전 경험들에 비추어 조롱이나 경고의 목소리를 예상했기 때문이었다. 제임스 로라의 어깨가 부르르 떨렸다. 안도감이 찾아오자 참았던 눈물이 주르륵 흘러내렸다.

"이를 어쩌나. 남의 집 귀한 자식한테 실수를 했네. 울지 말아요."

"아, 아니에요. 그냥 엄마가 생각나서 갑자기……. 아, 나 미쳤나 봐. 쪽팔려."

"곱게 한 화장 다 번진다. 이걸로 닦아요! 그럼 학생, 난 들어갈게요."

감정이 북받쳐서 훌쩍이는 제임스 로라 대신 리베라가 고개 숙여 인사를 전했다.

"어머님, 감사합니다."

잠시 동안 침묵이 흘렀다.

"울었더니 스트레스가 풀리네요. 기분이 좋아졌으니깐 제 비밀 한 가지 알려 줄게요. 제가 할리우드에 가려는 건 사실 배우가 되기 위해서라기보단 거기에 네오 공동체가 있다고 들었기 때문이에요."

"공동체라…… 확실히 그곳에서는 이런 일을 겪을 필요도 없겠군요. 마음 맞는 친구들도 있을 테고. 꼭 그렇게 되길 바랍니다."

"도망치는 건 아니에요. 그곳이 어떤 방식으로 돌아가는지 배운 다음에 한국에 돌아와서 네오 공동체를 꾸릴 거예요. 저처럼 편견에 힘들어하는 아이들이 머물 수 있게요. 물론 멋진 배우는 내가 나고 자란 이곳에서 될 거고요. 보란 듯이 성공해서 보란 듯이 내 존재를 증명할 거예요."

물기를 머금은 눈동자가 반짝였다.

"가솔 님과 친해진 이유를 알 것 같네요. 오늘 고생 많았어요. 피곤할 텐데 들어가 쉬어요."

나름 다양한 인간을 봐 왔지만, 그들의 행동을 예측하기란 여전히 어려운 일이었다. 그 많은 수치와 통계로도 여전히 인간이란 생물을 이해하기란 역부족이라는 생각에 리베라는 한참 동안 발을 뗄 수가 없었다.

"가솔 님 잘 지냈나요? 오늘은 특별히 할 말이 있어요."

"저기, 죄송하지만 제가 먼저 말할게요! 저요, 결정했어요."

줄곧 수심 가득한 얼굴로 리베라를 맞이하던 가솔이 오늘은 유독 생기 넘쳐 보였다.

"결정이라는 건 최종 선택 말인가요?"

"네, 맞아요. 전 세 번째인 자립권을 택하겠어요."

"그건 누구한테 들었죠? 난 이야기한 적이 없는데."

"얘기를 안 해 줬다고 리베라를 탓할 생각은 전혀 없어요. 실은 말씀하신 두 가지 선택 다 마음에 들지 않았거든요. 그래서 제가 좀 찾아봤어요. 그랬더니 18세 이상이라면 사립권을 쓸 수도 있다는 사실을 알게 됐죠. 전 올해 18세이고요."

"그렇다면 자립권을 선택한 아이들이 어떤 결과를 맞았는지도 알았겠군요."

"그건……"

"무려 89%의 아이들이 부적응 결과를 판정받고 다시 보육기관으로 들어갔어요. 더 엄격하고 철저하게 관리하는 곳으로요. 왜 일까요?"

"왜…… 그런데요?"

"여러분이 아직 홀로서기에는 여러모로 미성숙하기 때문이죠. 독립이라는 건 그냥 혼자 사는 간단한 문제가 아니에요. 자립 지원금이 나오기는 하지만 금액이 적어서 대부분 일자리를 구하지요. 대학에 갈 생각까지 한다면 상황은 더 어렵죠. 공부와 병행하기는 체력적으로도 정신적으로도 힘들 거예요. 혼자 사는데 아프기라도 하면 그것만큼 곤란하고 서러운 것도 없죠. 지금이야 저 같은 보호감찰봇의 보호 아래 안전하지만, 밖에는 가솔 님처럼 순진한 청소년을 노리는 나쁜 어른도 있답니다. 가장 최근에 자립권을 택했던 친구의 소식은 뉴스에도 나왔죠."

"알아요. 사기꾼에게 돈을 다 빼앗긴 것도 모자라서 성폭행당한 후 살해됐다고."

"그간 가솔 님의 모범적인 태도를 봤을 때 현명한 선택을 내릴 것이라는 걸 믿어 의심치 않아요. 쓸데없는 호기심에 한 이야기라면 일단 저는 만류하겠어요. 제대로 판단할 수 있도록 다음번에 더 정확한 데이터를 가져올게요. 자료를 본다면 가솔 님도 의견을 철회하리라 생각해요. 그럼 이 이야기는 마무리된 거로 보고 이번엔 제 이야기를 할게요. 얼마 전 가솔 님에게 좋은 제안이 들어왔어요."

"제안……이라니요?"

"친오빠인 김다민 씨께서 가솔 님의 보호자가 되겠다는 연락을 해 오셨어요. 공기업에 다니는 오빠와 고등학교 교사인 부인은 안정적인 생활 환경에, 현재 자녀도 없는 데다가, 인증 테스트까지 무사히 통과하셨죠. 일찍이 분가한 터라 가솔 님이 이런 환경에 처한 줄 전혀 몰랐다면서 충격을 받았다고 하셨어요. 조금 늦긴 했지만 가솔 님이 더는 상처받지 않도록 가족으로 합치길 원하고 계세요."

"오빠가 먼저 연락했다고요? 진짜요?"

"네. 곧 이리로 오실 겁니다. 유예기간도 슬슬 끝나 가는 참이고, 오빠도 오늘 외에는 시간이 여의치 않다고 하셨거든요."

"아니, 그래도 어떻게 제 의사는 물어보지도 않고 마음대로 날을 잡을 수 있어요?"

순식간에 가솔의 얼굴이 적대감과 분노로 물들었다. 가솔이 흥분을 가라앉히고 이성적으로 생각할 수 있게 해야 했다. 리베라는 침착한 목소리로 부드럽게 말했다.

"가솔 님, 일단 약속은 해 놨으니깐 만나 보세요."

"싫어요! 안 만날래요."

"그럼 어떡할까요. 돌아가라고 할까요? 그러면 마음이 편할까요?"

"……."

"저는 가솔 님이 최대한 후회하지 않을 선택을 하게 도와주려는 겁니다. 저는 이보다 좋은 방법은 없다고 생각해요. 오빠의 직장 동료, 이웃 주민들의 증언에 의하면 아주 좋은 분이라고 하더군요."

"좋은 사람이요? 리베라, 사람은요 그렇게 선인과 악인을 줄 긋듯이 나눌 수 없어요. 선해 보이지만 악랄한 면을, 악해 보이지만 의외로 선량한 면을 가지기도 하거든요. 내 기억 속의 오빠는요 교활하고 이기적인 인간이에요. 전 만나기 싫어요."

"그동안 오빠가 달라졌을 수도……."

그때 문을 두드리는 소리가 들렸다. 가솔의 입꼬리가 난처함으로 씰룩였다. 리베라가 다가가 문을 열었다.

"가솔아! 잘 있었니? 그동안 얼마나 고생이 많았니."

검은색 원피스를 입은 여자가 얼떨떨하게 서 있는 가솔을 와락

끌어안으며 눈물을 글썽였다. 말끔한 정장 차림의 다민이 그 모습을 흐뭇하게 바라보았다.

"저, 죄송하지만, 가솔 님의 컨디션이 안 좋아서 만남을 다음으로 미뤘으면 합니다."

가솔은 이러지도 저러지도 못한 채 여자의 품에서 고개를 푹 숙인 채 통나무처럼 서 있었다. 리베라가 얼른 가솔을 떼어 놓자 여자가 적잖이 당황한 눈치였다.

"그때 뵀었죠? 오랜만에 만나서 그런지 우리 가솔이가 좀 놀랐나 보네요. 일단 안으로 좀 들어가죠."

"제가 방금 한 얘기 들으셨나요? 가솔 님이 오늘 만나는 걸 원치 않으셔서……"

"우린 가족이라고요. 그쪽보다 제가 가솔이를 더 잘 알아요. 가솔아, 멀리서 온 오빠를 이렇게 보낼 거니? 우리 착한 가솔이 어디가 아프니?"

"언니도 요새 시험 기간이라서 바쁜데 가솔이 너 보고 싶어서 만사 제쳐 두고 온 거야. 많이 아파?"

두 사람이 번갈아 가면서 가솔에게 채근하듯이 물었다. 아랫입술을 깨물던 가솔이 이내 포기한 듯 말문을 열었다.

"오셨으니깐 들어오세요."

가솔의 표정에 한 줌의 원망이 스쳐 지나갔다. 이미 늦었지만,

리베라는 후회스러웠다. 시간 여유가 더 있었더라면 서두르진 않았을 것이다.

"이건 선물로 가져온 쿠키야. 어제 백화점에서 줄 서서 사 온 거란다."

"제가 준비할 테니 가솔 님은 가서 이야기 나누세요."

친오빠 내외가 들어서자 작은 거실이 꽉 찼다. 어색한 분위기가 실내를 감돌았다. 세 사람은 서로를 탐색하면서 드문드문 대화를 이어 갔고 이윽고 리베라가 차와 쿠키를 내왔다.

"멀리서 오시느라 수고 많으셨습니다. 좀 드시지요."

"같이 살면 이런 어색한 분위기도 금방 없어질 거라고 봅니다."

"난 같이 살겠다고 결정 안 했는데?"

일순 정적이 흘렀다. 미간을 찌푸렸던 여자가 리베라를 마주하자 재빠르게 웃음을 머금었다.

"아직 혼란스러워서 그런 거 충분히 이해해. 주말까진 시간이 있으니 너무 단정 짓진 말고 다시 생각해 보자. 가족이 밉겠지. 당연해. 한창 민감한 사춘기 때 부모로부터 학대를 당하면 나 같아도 쉽게 사람을 믿지 못할 거야. 우리 반에도 너 같은 학생이 있는데 다행히 날 만나서 조금씩 마음의 상처를 회복하는 중이지."

"그래. 걱정하지 마. 우리에겐 이제 진짜 가족이 되는 시간만 남았어, 가솔아."

"진짜 가족? 그럼 여태껏 가짜였던 건 인정하는 거야, 오빠?"

"너 진짜 계속 이런 식으로 삐딱하게 굴래?"

다민이 격양된 목소리로 테이블을 주먹으로 쳤다. 그 바람에 아직 입도 대지 않은 커피 잔이 넘어졌다. 김이 모락모락 나는 뜨거운 커피는 리베라의 손가락을 적셨다.

"아, 어떡해! 뜨겁겠다!"

가솔이 호들갑을 떨며 휴지를 뽑아서 리베라의 손을 닦아 냈다. 반면에 친오빠 내외는 무뚝뚝한 얼굴로 미동조차 없었다.

"괜찮습니다, 가솔 님. 저는 상관 말고……"

"어른이 먼저 호의를 베풀면 잠자코 받아들이는 게 예의야. 우린 뭐 쉬운 마음으로 널 맞을 준비를 했겠어?"

더 무거운 분위기로 흐르면 결과가 좋지 않을 게 뻔했다. 어떻게든 해묵은 감정은 정리하고 가솔의 마음을 움직이게 하는 것이 보호감찰봇으로 마땅히 해야 할 일이었다. 지금은 이 처사가 다소 못마땅해도 막상 오빠 부부와 지내 보면 차차 이해할 것이라고 리베라는 생각했다. 가솔에게 절실하게 필요한 건 안정과 소속감을 느끼게 해 줄 집과 가족이었다. 로봇의 보호 아래 지내야 할 임시 거처가 아니라.

"가솔 님, 오빠 부부는 정말이지 진정성 있게 가솔 님을 입양하겠다고 호소하셨어요. 다소 민감한 개인정보와 재산 증빙서까지 모두 제출하셨고요. 오빠의 말마따나 무례한 태도를 보이시는 건 옳지 않다고 생각합니다."

"역시 보호감찰봇이라 그런지 시키는 일만 하는 로봇들과는 차원이 다르네. 들었지, 가솔아? 우리의 진심을 네가 꼭 받아들였으면 싶구나."

"알겠어요. 오늘은 이만 돌아가 주세요. 저 혼자 깊이 생각할 시간이 필요해요."

"그래요, 여보. 가솔이도 충분히 알아들었을 테니깐 이만 돌아가요. 가솔아, 너만 믿고 우린 가서 새 식구 맞이할 준비를 할게."

"오빠가 잠시 격양돼서 큰소리친 건 미안해. 다 널 생각해서 그런 거 알지? 또 보자, 내 동생!"

두 사람이 나가자 가솔은 거실 창문을 활짝 열었다. 초저녁의 시원한 바람을 크게 들이마셨다. 리베라가 테이블을 정리하고 남은 쿠키를 통에 집어넣으려던 찰나 가솔이 접시를 낚아챘다. 가솔은 입에 대지도 않은 쿠키들을 쓰레기통에 남김없이 버렸다.

"아니 그걸 왜 버리죠? 아무리 마음에 안 들어도 그렇지, 먹는 음식을."

가솔의 입가에 비뚜름한 미소가 걸렸다. 순식간에 쓰레기가 된 쿠키의 잔해들을 멀거니 바라보며 입을 열었다.

"땅콩 쿠키잖아요."

"……그래서요?"

"저 땅콩 알레르기 있어서 잘못 먹으면 죽어요. 친오빠라는 사람이 저런 거나 사 오고, 기가 막혀서 정말. 오빠는요, 정부 지원금 때문에 절 입양하려는 거예요. 학대는 안 할지 몰라도 절 방치할 게 뻔해요. 리베라 손에 뜨거운 커피가 쏟아져도 본 체도 안 하듯이 말이죠."

"그거야, 로봇은 화상을 입지 않으니깐 그러셨겠죠."

"오빤 옛날부터 그랬어요. 제가 아홉 살 때 생일 선물로 가정용 애착 로봇을 받았어요. 루비라는 이름도 붙여 주고 정말 끔찍이 아꼈죠. 그 당시엔 아빠 엄마가 맞벌이셨고, 친구가 없는 저에겐 루비뿐이었죠. 먹을 때도 놀 때도 잘 때도 늘 함께였어요. 오빠는 그런 루비를 툭하면 망가뜨리고 때렸어요. 생명도 없는 주제에 사람 따라 하는 게 재수 없다면서. 루비의 목을 밟아서 목소리가 나오지 않게 되었을 때, 저는 몰래 루비를 입양 보내기로 했어요. 그때가 제 나이가 열한 살이었어요. 로봇 입양 센터 구석에서 훌쩍거리고 있으니깐 거기 개발자 아저씨가 루비의 가슴에 박힌 하트로 만들어 준 게 바로 이 목걸이에요. 어차피 목도 망가지고 하드웨어를 새 걸로 교체해야 하니깐 기념으로 이거라도 가지라고 했죠. 누구 말도 듣지 않고 혼자서 큰일을 저질러 본 게 그때가 처음이었어요. 그리고 이제 인생에서 두 번째 큰일을 저질러 볼 참이에요. 전 결정했어요, 리베라."

*

가솔 역시 자립권이라는 민주적인 정책의 그림자를 염려하고 있었다. 그래서 담당 기관 공무원의 도움으로 관련법의 조항을 꼼꼼하게 살폈다. 그 결과, 혼자가 아닌 같은 피해 청소년과 그룹을 지어 함께 살 수 있다는 것을 알게 되었다. 혼자가 아니라면 자립도 어려운 일만은 아니었다. 가솔은 제임스 로라에게 자신의 생각을 털어놓았고 같이 살자고 제안했다. 미국행을 꿈꿨지만 당장 그럴 처지가 못 되는 제임스 로라도 기쁘게 받아들였다. 또한 보호감찰봇을 자신들의 자립보조봇으로 고용할 수 있다는 사실도 알게 되었다. 신설 조항이라서 그런지 모르는 이들도 많았고, 로봇 보호자를 꺼리는 분위기 때문인지 실행된 사례는 거의 없었다. 가솔과 제임스 로라는 로봇이 보호자인 것을 개의치 않았다. 오히려 열렬히 환호했다.

사람에게 상처를 받았다. 가장 가깝고 가장 보호받아야 할 가족에게 받은 상처였다. 신고하기까지 가솔은 수백, 수천 번을 망설이며 되물었다. 내가 잘하면 나아지지 않을까, 열심히 하면 나를 받아들여 주지 않을까 하고 노력했던 날들이 허다했다.

하지만 번번이 기대는 무참하게 무너졌다. 어디서부터 잘못된 것인가를 따져 보아도 답이 나오지 않아서 가솔은 망설임 끝에 아지랑이 콜을 눌렀다. 절망에 갇힌 채 이대로 놓아 버리기엔 자신의 열여덟 살 인생이 너무 소중했다.

가솔이 가족을 완전히 포기한 건 아니었다. 자신이 용서할 수 있을 때까지 혹은 그들이 잘못을 뉘우칠 때까지 시간을 두기로 했다. 그동안 가슴속에 가득 찬 냉기를 따뜻하게 데울 시간이 필요했다. 그러려면 이미 피폐해질 대로 피폐해진 자신부터 보듬어 주어야 했다. 가솔의 곁에서 제임스 로라와 리베라가 온기를 나누어 주었다. 어쩌면 꽤 괜찮은 선택일지 모른다는 긍정의 마음이 가솔의 조바심을 지그시 눌렀다.

오늘은 이들의 특이하면서 색다른 동거가 시작되는 날이었다. 아침부터 이사 준비로 다들 분주했다. 텅 빈 집엔 두 사람과 한 로봇의 짐이 차곡차곡 놓였다.

"애걔? 리베라는 짐이 달랑 상자 하나예요? 뭐야 충전긴가?"

"전 로봇이라서 많은 게 필요하지 않습니다."

"이럴 땐 로봇이 좀 부럽네요. 떠나고 싶을 땐 훌훌 몸만 떠나도 되고. 더위, 추위도 안 타니깐 길에서 자도 되고."

"얘는, 모르는 소리 마! 리베라가 길거리에 쓰러져 있으면 부품 떼어 내서 팔려고 난리도 아닐걸? 하여간 넌 가끔 세상모르고 낭

만적인 소리를 하더라?"

가솔의 말에 제임스 로라가 찬물을 끼얹었다.

"그나저나 리베라의 짐 상자는 정말 가볍긴 하다. 이건 일단 저 방에 갖다 놓으면……. 악!"

제임스 로라가 요란한 소리를 내며 넘어지자 상자 속의 물건이 튀어나왔다.

"괜찮나요? 어디 안 다쳤어요?"

"무릎이 까져서 피 나는 거 말곤 그럭저럭, 뭐. 어? 근데 저건 뭐예요?"

제임스 로라의 손에 든 건 투명한 큐브였다. 안에는 밴드가 붙여진 기계 부품이 들어 있었다.

"이건 제가 보호감찰봇으로 개조되기 전 부품이에요. 개발자가 잘 간직하라고 주었지요. 전 주인이 절 아주 소중히 생각했다는 증표라면서요. 그 시절의 메모리는 완전히 초기화되어 아무 기억도 남아 있지 않아요……. 하지만 누군가 날 그토록 중요하게 여겼다는 사실이 꽤 위안이 되어서 늘 가지고 있답니다. 제가 인간과 교감을 나눈 특별한 존재라는 느낌이 들거든요."

"말도 안 돼……. 어떻게 이런 일이……."

줄곧 말이 없던 가솔의 눈이 점점 커지더니 크게 동요하는 기색이었다.

"저건 내 애착 로봇 루비 거예요! 그러니깐 내가 입양 보낸 루비가 리베라가 된 거라고요! 오빠가 밟아서 금이 간 게 속상해서 밴드를 붙여 준 건데……. 우리가 다시 만났다니."

"미쳤다, 진짜! 이건 신이 허락한 운명이야!"

제임스 로라가 가솔을 얼싸안으며 호들갑을 떨었다. 그 모습을 리베라가 멀뚱하게 바라보았다.

"운명이라는 건 초인간적인 힘에 의하여 이미 정해진 걸 뜻하는데, 이런 경우에는 우연이라고 하는 게 더 어울리지 않을까요?"

"어머머, 웬일이니. 분위기 와장창 깬다. 그냥 맞장구나 쳐요! 누가 로봇 아니랄까 봐."

"크크크. 아니야, 어느 때에도 초연한 게 리베라다운걸."

"그런데 전부터 궁금한 게 있어요. 제 이름 리베라는 무슨 뜻인가요?"

"라틴어로 자유예요."

"어머머, 로봇이잖아요! 인공지능이라면서 그것도 몰라요?"

"라틴어 사전은 내장되어 있지 않습니다. 로봇이 모든 지식을 다 알 것이라는 고정 관념을 버리세요, 제임스 로라 님."

"칫, 말 되네요. 누구보다 고정 관념에 화내던 게 난데."

"어쨌거나 자유라…… 좋은 뜻이네요."

"당분간 가솔이 넌 아이스크림 가게에서, 난 미용실에서 알바

하고 리베라도 낮에는 보호감찰봇 업무를 하니깐 생활비는 충분히 벌겠는걸. 열심히 일하고 저녁에는 다 같이 재미있게 놀자. 참, 전입 신고도 해야겠네. 우리 조합 보고 주민 센터에서 빵 터지겠다!"

"응, 하루하루가 진짜 기대된다. 너무 설레."

리베라가 둘에게 서류를 내밀었다.

"그 전에 이것부터 처리해야 합니다. 보호 감찰 종료 서류 기한이 내일까지거든요. 모든 항목에 빠짐없이 두 분 다 사인 부탁드립니다."

"좋았어! 남김없이 체크해 주지."

서류를 넘겨받은 아이들의 눈이 반짝였다. 리베라는 이들이 벌인 큰일을 조용히 응원했다. 사각사각. 경쾌한 소리가 종이 위를 굴러갔다.

인간적인, 인간미 이런 단어들은 어떤 사고 앞에선 속수무책으로 무너진다.
끊임없이 일어나는 아동 학대가 그렇다. 그런 사건을 볼 때면 이 세계의 악함이 주는 공포감에 마음이 얼어붙는다. 그리고 어른으로서 부끄럽고 미안하다. 외면하기보단 자기 일처럼 공분하는 이들과 건강한 분노로 만들어진 제도들을 보면서 그나마 안도의 한숨을 쉰다.
인간성을 저버린 인간이 있다면, 인간보다 더 인간적인 로봇도 있지 않을까? 어쩌면 미래에는 리베라처럼 사람에게 상처받아 사람을 다시 믿기까지 시간이 필요한 이들을 위로하는 로봇도 나올지도 모른다. 부디 독자들이 살아갈 세상은, 나와 이질적인 존재라고 배척하지 않고 함께 공존하는 미래이길 희망한다.

_한수언

위험한 페르소나

최상아

오렌지빛 불길이 확 피어올랐다. 옛날 영화에서나 보던 진짜 불이다.

우리가 사는 행성에서 불을 피우는 일은 금지되어 있다. 다른 행성도 다를 건 없다. 사고 방지와 대기오염 문제를 이유로 태양계 모든 행성은 불을 쓰지 않은 지 오래다. 십여 년 전까지 허락되었던 가정용 향초조차 전자 초로 바뀌었다. 불을 내는 것은 범법행위다. 온몸이 떨려 왔다.

"포타, 이만 가자."

나는 무서워져서 포타의 팔을 잡았다. 포타는 불에서 눈을 떼지 못했다.

"이제 시작이야. 저 기름 좀 부어 봐."

포타의 말투에 힘이 들어가 있었다. 나는 포타가 시키는 대로 쓰레기 더미에 기름통을 기울였다.

불길이 더 커지면서 매캐한 검은 연기가 구불구불 솟았다. 포타가 내 어깨를 감쌌다.

"어때, 이브와? 멋지지? 너한테 꼭 보여 주고 싶었어!"

포타의 눈동자에서 불길이 아른거렸다. 나에게 보여 주고 싶었다는 말에 저절로 미소가 지어졌다.

탁탁. 불길이 더 거세졌다. 포타가 눈에 띄게 흥분했다. 불길을 여러 번 본 듯했다.

뜨거운 열기와 어른거리는 그림자. 처음 보는 광경에 전율이 일었다. 두려움과 또 다른 감정이 나를 떨리게 했다. 내가 물었다.

"이대로 오래 타는 거야?"

"쓰레기 정도론 오래 안 타. 짧고 강렬하지. 그래서 더 같이 보고 싶었어."

포타의 목소리가 부드러웠다. 그 순간만큼은 포타가 몇 번씩 불을 질렀다고 해도 상관없었다. 불꽃이 타들어 갈 때 내 생각을 했다는 말만 마음에 들어왔다. 불길이 잦아들 때까지 나와 포타는 한마디도 하지 않고 너울거리는 불만 바라보았다. 포타의 말대로 실제 불은 무척 아름다웠다.

캄캄한 하늘과 아무도 없는 공터는 작은 불 하나로 신비로운 분위기로 바뀌었다. 무정부주의자와 범죄자들의 소굴로 알려진 제5

지구의 공터가 이렇게 아늑할 수 있다니. 부드러운 불꽃 덕분에 버려져 아무도 찾지 않는 황량한 공간이 우리만의 아지트처럼 느껴졌다.

포타의 떨림이 나에게 고스란히 전해졌다. 포타가 작은 소리로 말했다.

"너한테만 말하는 거야……. 다 태워 버리고 싶어."

포타는 나를 정말 특별하게 생각하고 있는 것 같다. 포타에게 소중한 존재가 되었다는 기쁨이 불법을 저지르는 불안함을 한순간에 잠재웠다. 나는 이 순간을 영원히 기억하겠다고 다짐했다.

휙. 어디선가 바람이 불어왔다. 연기가 자욱해지고 재 가루가 흩어졌다. 나는 숨을 참고 속삭였다.

"포타, 가자."

"그래. 데려다줄게."

포타가 플라잉 보드를 띄웠다. 우리는 순식간에 상공으로 떠올랐다.

공중에서 내려다보는 제5지구는 더 이상 신비롭지 않았다. 여기저기 피어오르는 연기와 불길들은 내가 위험한 우범지대에 있다는 현실을 상기시켜 주었다. 몰래 불을 피우는 저들이 파괴된 도시 구석구석에 떳떳이 모여들 리 없었다. 포타와 나도 마찬가지였다.

이제 경찰조차 신경 쓰지 않는 이곳에서 벗어나 우리가 사는 제1지구로 가야 했다. 부모님은 내가 잠자리에서 빠져나갔다는 것을 상상도 하지 못할 것이다. 갑자기 불안감이 엄습했다. 내가 작은 소리로 말했다.

"들키면 어떡하지."

포타가 웃었다.

"내가 얼마나 철저하게 계획했는데. 걱정하지 마."

포타의 목소리에는 자신감이 넘쳐 있었다. 나는 포타의 등에 얼굴을 묻었다. 포타의 말이니까 괜찮을 것이라고 나 자신을 안심시켰다.

"잘 자. 걱정하지 말고."

포타는 나를 내 방 발코니에 내려 주고 갔다. 나는 포타가 시킨 대로 미세먼지 제거기에 들어가 한참 서 있었다. 포타가 그을음과 연기의 냄새를 지우면 감쪽같다고 했다. 하지만 두근거리는 가슴은 쉽사리 진정될 줄 몰랐다.

시계를 보았다. 새벽 두 시가 넘은 시각이었다. 나는 침대 위에 던져 놓고 간 스마트 밴드를 손목에 찼다.

포타가 제5지구에 가기 전엔 반드시 스마트 밴드를 풀어 놓으라고 했다. 디지털 흔적이 남으면 나중에 발각될 위험이 있기 때문이라 했다. 포타는 용의주도했고 능숙했다. 나 자신에게 되뇌었다.

"괜찮을 거야."

하지만 동이 틀 때까지 나는 좀처럼 잠을 이루지 못했다.

다음 날 학교에 들어섰을 때 포타는 평소와 다름없는 얼굴로 나를 맞았다. 아무리 봐도 지난밤 그런 일을 저지른 사람 같지 않았다. 창백한 쪽은 나였다. 포타는 긴 팔을 나에게 둘렀다.

"잘 잤어? 좀 웃어."

"그, 그래."

나는 애써 미소를 지었다. 포타는 내 눈을 다정하게 들여다보며 안심시켰다. 다른 애들이 부러운 듯 바라보았다. 포타와 있으면 언제나 관심을 받게 된다.

포타가 우리 학교로 전학 왔을 때 아이들은 술렁였다. 큰 키에 높은 콧대, 깊은 눈과 낮은 목소리까지. 게다가 성적도 뛰어났다. 포타는 말 그대로 완벽했다.

"유전자 변형을 어디서 했을까? 저 정도로 잘되기도 어려워."

"내 말이! 완전 멋있어."

수군거림을 들으면서도 포타는 주눅 들지 않았다. 자기가 잘생겼다는 것을 알고 있는 사람의 태도였다. 저런 모습이면 어딜 가나 주목을 받을 테니 당연할지도 몰랐다.

나는 연예인을 동경하는 것처럼 포타를 바라보았다. 그런 포타가 평범한 나에게 먼저 말을 걸어 준 건 기적이었다.

포타가 전학 온 지 92일째 되는 날이었다. 제1지구에서는 프로그래밍에 재능 있는 학생을 뽑아 방학 동안 특별 수업을 시행한다.

"우리 학교에선 이브와가 선정되었다. 축하한다."

선생님의 말씀에 뛸 듯이 기뻤다. 무척 바라고 있었던 일이었기 때문이다. 그러나 늘 그렇듯이 아이들은 별 관심 없이 시큰둥했다. 그때 포타가 나를 향해 박수를 보냈다.

"와! 진짜 멋있다!"

포타의 말 한마디에 갑자기 모두가 축하하는 분위기가 되었다. 학교에서 그렇게 주목을 받은 적은 처음이었다. 나는 어리둥절했다.

그날 점심시간에 포타가 나를 불렀다. 포타는 내가 착하고 배려심이 많아서 좋다고 했다. 조용한 편이라 흔히 받는 오해였다. 나는 포타에게만큼은 착하고 배려심이 많은 여자 친구가 되기로 마음먹었다.

"그 멋있는 전학생이랑 사귄다고?"

친구 미나는 내 첫 남자 친구가 포타라는 것이 얼마나 행운인지 입이 닳도록 말했다.

그게 벌써 한 달 전이다. 포타는 외모만큼이나 완벽한 남자 친구였다. 언제나 다정했고 내 장점을 찾아내 주었으며 자신이 좋아하는 일을 함께 하길 원했다. 그동안 나에게 불법적인 일을 권한 적은 한 번도 없었다. 지난밤 불을 피운 일은 내 인생 최초의 범죄

행위인 동시에 포타와 한층 친밀해질 수 있었던 경험이었다.

"이브와, 날 믿어. 난 완벽하게 계획했어. 멍청이들은 절대 예상 못 할걸."

포타의 말에 의하면 우리가 불을 피운 제5지구의 공터는 포타가 오랫동안 물색해 찾은 곳 중 한 곳이라 했다. 폐건물로 둘러싸여 알려지지 않은 곳이라 경찰들도 관심을 두지 않는다는 말도 덧붙였다.

"불타는 광경 처음 봤지? 진짜 짜릿하지 않아?"

나는 대답할 수 없었다. 포타는 우리가 마음이 잘 통하기 때문에 나도 좋아할 줄 알았다고 했다. 실망스러운 눈빛이었다.

"머, 멋있긴 했어. 신기하고."

나는 더듬거리며 고개를 끄덕였다.

"그렇지? 역시."

포타가 만족해하며 내 머리카락을 쓰다듬었다. 포타의 웃는 얼굴을 보자 안심이 되었다. 포타가 말했다.

"붉은 머리가 어울릴 것 같아."

"뭐?"

나는 머뭇거렸다. 포타의 권유로 이미 많은 부분을 바꾸었다. 지금 눈동자는 어두운 회색이지만 원래 내 눈 색깔은 금색이다. 마르고 단단한 팔다리도 통통하고 부드러운 스타일로 바꿨다. 몇 번이나 유전자 변형을 한 터라 엄마 아빠의 눈치도 보였다. 그러나 포타의 기대를 저버릴 수는 없었다.

포타는 내 쪽으로 고개를 기울이고 대답을 기다리고 있었다. 나를 보며 웃는 얼굴이 무척 멋있었다. 포타가 내 머리카락을 귀 뒤로 넘겨 주었다.

"더 예쁠 거야. 그렇지?"

"그래."

나도 모르게 대답이 나왔다. 머리카락 정도면 유전자 변형 없이 염색으로도 바꿀 수 있으니까. 이렇게 멋있는 남자 친구를 사귀려면 노력이 필요한 것이다.

학교를 마치자마자 염색용 헬멧을 샀다. 버튼을 누르면 레이저 광선이 분사되고 머리카락 색깔이 변한다. 설명서에 따르면 바뀐 머리카락 색깔은 3주간 유지된다고 했다.

나는 집으로 가자마자 헬멧을 쓰고 버튼을 눌렀다. 두피가 뜨거워지는 느낌과 함께 쉭쉭 소리가 났다. 헬멧을 벗고 거울을 보았다. 머리카락이 타는 듯 빨갛게 빛났다. 어두운 회색 눈동자와 붉은 머리카락. 내 모습이 낯설었다.

이브와! 뭐 해?

스마트 밴드에서 포타의 목소리가 들렸다. 나는 대답 대신 메신저를 홀로그램 화면으로 전환했다. 포타의 얼굴이 내 앞에 떠올랐다.

"예쁘다! 내가 잘 어울릴 거라고 했지?"

포타가 환하게 웃었다. 홀로그램 영상이라고 해도 나를 너무 빤히 바라봐서 멋쩍었다. 나는 어색하게 웃었다.

포타는 직접 보면 더 예쁠 것 같다고 했다. 나중에 엄마 아빠한테 한 소리 들을 걱정 따위는 이미 머릿속에서 사라져 버렸다. 포타가 빨리 나를 보고 싶다고 했으니까.

포타와 대화를 끝낸 뒤 나는 내일 뭘 입어야 붉은 머리카락에 어울릴지 고민에 빠졌다. AI프로그램이 추천하는 수십 벌의 옷을 가상으로 입어 보고 내 옷 중 비슷한 스타일을 선택했다. 어울리는 머리핀도 하나 골랐다.

"이브와."

엄마 아빠가 돌아왔다. 내 모습을 본 엄마 아빠는 생각 외로 담담했다. 유전자 조작을 또 하지 않았다는 것만으로 안심한 모양이었다.

그날 밤, 잠자리에 들기 전에 또 포타에게 메신저가 왔다.

또 기지.

내가 답하지 않자 바로 이어서 또 메신저가 왔다.

태울 수 있는 것 좀 챙겨 와.

나는 입지 않는 옷 몇 벌을 골라냈다. 가고 싶지 않은 마음과 포타를 만나고 싶은 마음이 엎치락뒤치락했다.

네 머리 빨리 보고 싶다. 실제로 보면 더 예쁠 텐데.

보고 싶다는 말에 나가기로 마음을 정했다. 어쩌면 답은 이미 결정되어 있었을 것이다. 나는 열두 시에 데리러 오라는 답을 보냈다.

"이브와."

포타의 목소리가 나를 깨웠다. 깜박 잠이 들었나 보다. 나는 화들짝 일어나 발코니 문을 열었다. 포타는 플라잉 보드에서 내리지도 않고 빨리 가자고 했다. 내가 발판에 발을 올리려고 하자 포타는 빈손으로 갈 거냐며 다그쳤다. 내 머리 색깔에 대해선 한마디도 없었다.

나는 허둥지둥 꺼내 놓은 옷 몇 벌을 집었다. 포타는 다음에는 좀 더 모아 놓으라고 하며 플라잉 보드 방향을 바꿨다.

우리는 차가운 밤공기를 가르며 제5지구의 어두운 뒷골목 어딘가로 향했다. 모두가 외면하는 도시의 경계 지역. 금지된 불길이 위험하게 넘실거렸다.

"저들 근처로 가면 무슨 일이 생길지 몰라. 우린 더 멀리 가자."

포타가 플라잉 보드의 속력을 냈다. 내 목소리가 떨렸다.

"포타, 어디 가? 설마 제5지구 한가운데로 가려고? 거긴 위험하단 말이야."

"위험하다고? 지금 가장 위험한 존재는 우리 둘이야."

포타의 말을 이해할 수 없었다. 하지만 지금 물어보면 포타가 짜증을 낼 것이 뻔했다. 나는 착하고 배려심이 많은 여자 친구니까 나중에 물어봐야 했다.

포타는 곧 아무도 없는 깜깜한 공터를 찾았다. 길 건너편에 거주자들이 머무는 집이 몇 채 있었다. 포타는 아랑곳하지 않았다. 나는 걱정스러웠다.

"저기 누구 있는 것 같은데?"

"저 사람들은 어차피 신고 안 해. 신고해 봤자, 경찰들은 5지구 사람들부터 의심하니까."

포타는 내가 가져온 옷과 자기가 가져온 물건들을 공터에 쌓았다. 기름통에 든 기름을 뿌리고 불을 붙이기까지 몇 분도 걸리지 않았다.

위험한 페르소나

불이 일렁이면서 포타의 얼굴에 그림자가 드리워졌다. 포타는 불을 붙일 때 쓰는 도구들까지 몽땅 불 속으로 던져 넣었다. 탁탁. 불티가 날리고 검은 연기가 솟았다. 포타가 내 머리를 쓰다듬었다.

"진짜 멋있지. 네 머리 색깔이랑 어울려."

이제야 내 머리에 대해 말하다니. 좀 섭섭했다.

삐익. 하늘 저편에서 귀를 찌르는 듯한 소리와 함께 섬광이 번뜩였다. 경찰 신호였다. 포타가 몸을 낮추고 나를 끌어당겼다.

"무슨 일이 생겼나 봐. 가자!"

"뭐라고?"

나는 겁에 질려 얼음이 된 것처럼 꼼짝할 수 없었다. 포타가 소리쳤다.

"정신 차려! 나만 따라와."

포타는 플라잉 보드에 나를 태우고 저공으로 날았다. 그래야 의심받지 않는다고 말을 한 것 같다. 나는 정신이 하나도 없어서 포타의 말에 대꾸도 할 수 없었다. 포타는 나를 발코니에 내려 주고 갔다. 미세먼지 제거기에 들어가서 거울을 본 순간 나는 기절할 듯 놀랐다. 머리핀이 사라졌다! 나는 포타에게 메시지를 보냈다. 버튼을 누르는 손끝이 떨렸다.

어떡하지! 나 길에다 머리핀을 흘린 것 같아!

괜찮아. 근처에서 찾았다고 해도 증거는 없으니까. 어서 자.

포타는 대수롭지 않게 여겼다. 만일 경찰이 머리핀을 찾는다면 내 유전자가 묻어 있을 테고 나를 찾는 건 시간문제다. 질병 요인을 없앤 수정란으로 태어난 나 같은 아이들은 병원에 기록이 그대로 남아 있다. 만약에 경찰이 나를 찾아온다면? 내가 모른다고 잡아뗄 수 있을까? 자신이 없었다.

아침에 포타가 나를 데리러 왔다. 나는 포타의 플라잉 보드에 냉큼 올라탔다. 둘이 함께 타는 것을 못마땅하게 생각하는 엄마의 눈길이 등 뒤에 꽂혔다. 다행히 포타는 엄마 아빠가 뭐라고 하기 전에 재빠르게 출발했다. 아무렇지도 않은 편안한 모습이었다. 포타는 긴장으로 뻣뻣한 내가 문제라고 했다.

"부자연스럽게 굴지 마. 아무 일 없을 테니까."

"너무 떨려. 정말 안 들키겠지?"

포타가 소리 내어 웃었다.

"걱정 마. 뉴스에 아무것도 안 나왔어. 경찰이 뜬 건 불 때문이 아니었을 거야. 그리고 불낸 걸 알아 봤자 5지구에 사는 놈들 짓이라고 생각할걸."

"그래도 내 머리핀은······."

포타가 내 말을 막았다.

"어디다 떨어뜨렸는지 알 게 뭐야. 제1지구에 있을 수도 있고. 다 잊어."

"정말 괜찮겠지?"

"당연하지."

포타의 말대로 머리핀은 불을 지른 증거가 될 수는 없었다. 잃어버렸다고 해도 그만이다. 하지만 누군가 간밤의 방화 사건으로 나를 찾아온다면, 추궁을 받기도 전에 기절하고 말 것 같다. 겁에 질린 내 얼굴은 자백이나 다름없을 것이다. 나는 확인차 되물었다.

"경찰이 우릴 찾아오진 않겠지?"

"찾아도 너를 찾겠지."

혹시라도 발각된다면 자신은 빠지겠다는 소리일까. 나는 포타의 대답에 멍해졌다. 포타는 경찰이 오는 일은 없을 것이라고 나를 달래다가 덧붙였다.

"암튼 앞으로 조심해. 내 완벽한 계획에 오점을 남기는 건 싫으니까."

나는 이때다 싶어 포타에게 못을 박았다.

"무서워. 이젠 다신 안 할 거야."

포타가 버럭 화를 냈다.

"뭐? 네가 날 잘 이해한다고 생각했어."

포타는 학교에 도착하자마자 먼저 교실로 들어가 버렸다. 내가 말을 걸어도 대답하지 않았다. 미나가 시무룩한 나를 달랬다.

"싸울 때도 있지, 뭐. 나도 남자 친구랑 자주 싸워."

"우린 처음이란 말이야."

미나는 다 처음이라는 게 있다며 안 싸우는 커플은 없다고 했다. 나는 미나의 말을 되짚어 보았다. 우리가 안 싸웠던 건 내가 포타의 말을 무조건 따라서 그랬던 건 아닐까.

한순간에 인기가 없어져 버린 스타의 기분을 알 것만 같았다. 포타가 없으니 다시 존재감이 없는 사람이 되었다. 지금까지 쭉 그래 왔던 것처럼 난 조용한 아이일 뿐 아무것도 아니었다. 교실에 있을수록 주눅이 들었다.

포타는 보란 듯이 다른 애들과 즐겁게 이야기하며 분위기를 주도했다. 무엇보다 견딜 수 없었던 것은 나 같은 앤 전혀 안중에 없다는 태도였다. 그렇게 다정하던 포타가 한순간에 싸늘해졌다. 어떻게 해야 할지 알 수 없었다. 포타 옆을 맴돌았지만 포타는 나에게 눈길조차 주지 않았다. 대신 다른 아이들이 포타의 옆자리를 채웠다.

나는 학교를 일찍 빠져나와 집으로 가 버렸다. 남은 시간을 도저히 견딜 수 없었다. 울음이 터질 것 같았다. 집으로 돌아오니 엄마 아빠한테 바로 연락이 왔다. 학교를 이탈했을 때 스마트 밴드가 부모님에 알림을 보낸 것이나.

"나 아프다니까요. 말 시키지 마, 쉴 거야."

나는 대강 둘러댔다. 엄마 아빠가 믿는 것 같지 않았지만 거기까지 신경 쓸 여력이 없었다. 포타에게서 연락은 오지 않았다. 내가 학교에 없다는 것을 알아차리고도 남을 시간이었다.

침대에 누워 고민에 빠졌다. 내가 뭘 그렇게 잘못했을까. 한밤중에 빠져나가 불을 지르지 않겠다고 한 말이 그렇게 화를 낼 일일까. 이대로 헤어진다면 무슨 이유로 헤어졌다고 해야 할까. 의문이 꼬리에 꼬리를 물었다. 아무것도 하지 않고 누워서 시간만 보냈다.

다음 날, 그다음 날도 포타는 나를 외면했다. 여러 번 포타에게 다가갔지만 철저하게 무시당했다.

"싸운 거야, 헤어진 거야?"

"포타 취향대로 머리만 염색하고 끝이야?"

"이브와 쟤, 유전자 변형으로 싹 다 바꿨잖아. 그래 놓고 저게 뭐냐."

아이들도 수군거리기 시작했다. 보다 못한 미나가 더 이상 포타 옆에 가지 말라고 충고했다.

"야, 죽을죄를 진 것도 아닌데 신경 쓰지 마. 도대체 이유가 뭐야?"

아무리 친한 친구라도 불 지르는 일에 동참했다고 말할 수 없었다. 내가 입을 다물자 미나는 완전히 잘못 짚고 딴소리했다.

"네가 원하지 않는 스킨십을 거부하는 건 당연한 거야."

"그런 거 아니라니까!"

부인해도 소용없었다. 미나는 다 안다는 말만 반복했다. 미나가 엉뚱한 소리를 하긴 했지만 죽을죄를 진 것도 아니라는 말엔 완전히 동의했다. 나는 포타에게 쏠린 관심을 다른 곳으로 돌리려고 노력했다.

포타와 나의 이별은 기정사실이 되었다. 슬프고 원망스러운 동시에 어이가 없었다.

나랑 같이 있고 싶어?

포타를 의식하지 않은 지 열흘 정도 지났을 때였다. 학교를 마치고 집에 돌아왔을 때 밴드에서 메신저 알람이 울렸다. 포타였다. 질문의 의도를 알 수 없었다. 내 대답을 포타가 모를 리 없으니까.

싫어?

포타가 대답을 재촉했다. 의외의 반응이었다. 반면 내 마음은 흔들렸다. 포타가 말을 걸고 다정하게 웃어 주는 상상을 하며 기다렸다. 그런데 막상 포타가 연락해 오자 미움이 앞섰다. 포타는 연속으로 메신저를 보냈다.

화났어?

자는 거야? 어디 아파?

그렇게 나를 무시했던 애가 갑자기 관심을 쏟아붓고 있었다. 달라진 온도를 보니 알 것 같았다. 모두의 관심을 받으면서도 정작 자신의 메신저를 안 보는 나 하나를 견딜 수 없는 것이다. 포타가 나를 진정으로 좋아하긴 한 걸까.

만나는 내내 포타가 원하는 대로 했다. 전교생이 동경하는 멋진 애가 나를 바라봐 주는 게 고마워서 더 그랬다. 이제부턴 달라져야 한다는 것을 안다. 하지만 자신이 없었다. 포타는 나의 중심이었으니까. 손바닥 뒤집듯 맘이 바뀌진 않는다. 포타 역시 그 사실을 알고도 남았다.

"이브와."

이럴 수가. 포타 목소리가 들렸다. 나는 깜짝 놀라서 창문을 보았다. 커튼 너머로 긴 실루엣이 비쳤다. 나도 모르게 후다닥 일어나 발코니로 연결된 긴 창문을 열어 주었다. 포타의 플라잉 보드가 미끄러지듯이 들어왔다.

"미안해."

포타가 내 얼굴을 두 손으로 감싸며 사과했다.

"괜찮아. 나도 미안."

자동으로 대답이 나오고 말았다. 포타는 내가 자신을 이해해 주지 않는 것 같아서 무척 섭섭했다고 털어놓았다. 나는 용기를 내어 차마 묻지 못한 말을 꺼냈다.

"너, 불 지르는 게 그렇게 좋아?"

"타오르는 불을 보고 있으면 복잡한 일들을 다 잊을 수 있을 것 같은 느낌이 들어."

포타의 얼굴빛이 어두웠다. 그 모습을 보자 포타를 위로해 주고 싶은 마음이 생겼다. 자신만만하게 행동하던 포타의 모습 뒤에 이런 약한 모습이 숨어 있을 것이라고 짐작하지 못했다. 나는 포타의 등을 토닥였다. 포타가 나에게 기대 왔다.

"같이 가 줘. 나 혼자는 못 한단 말이야."

포타가 나를 이렇게 필요로 하다니. 다른 선택은 없었다. 나는 감동해서 포타가 원하는 대로 해 주겠다고 약속하고 말았다. 내 대답을 듣자마자 포타가 눈을 반짝였다.

"계획을 하나 세웠어."

포타는 몰래 숨어서 내는 작은 불 정도로 만족할 수 없다고 했다. 내 눈이 커다래졌다.

"뭐? 불을 크게 내는 건 위험해."

"이번엔 불이 아니야. 더 대단한 일이 있지."

포타는 제4지구와 제5지구 사이에 있다는 작은 다리를 거론했다.

"그 다리의 교통 신호를 고장 내는 거야."

"요즘 누가 지상에 있는 다리를 이용해?"

나는 어이가 없었다. 포타가 내 이마를 손가락으로 두드렸다.

"넌 아무것도 몰라. 아직 구식 지상 자동차를 이용하는 사람들이 있다고."

"고장 내서 뭐 해. 그게 재밌어?"

포타가 한숨을 쉬었다. 기분이 상한 것처럼 보였다. 나는 뭘 잘못 말했는지 몰라서 포타의 눈치만 보았다. 잠시 침묵이 흘렀다.

포타는 내 눈과 팔, 그리고 머리카락을 차례로 보았다. 자신이 원하는 대로 바꿔 버린 내 모습을 의식하고 있었다. 나는 자꾸 움츠러들었다. 포타가 입을 열었다.

"지상을 이용하는 차들뿐 아니라 간간이 지나가는 플라잉 카들 모두 신호의 영향을 받고 있어. 그 신호가 갑자기 없어진다면 엄청난 혼란이 일어날 거야. 서로 뒤엉키고, 들이받고……. 생각만 해도 흥분되지 않아?"

"……."

"친구들하고 내기했어. 도와줄 거지?"

"아니, 누구랑 그런 내기를 했다는 거야?"

포타는 전학 오기 전 학교 친구들과 승부를 걸었다는 말을 털어놓았다. 많은 돈이 걸려 있는 문제라니. 나는 고개를 저었다. 그런 위험한 짓을 함께 할 수는 없다. 포타가 부드럽게 나를 바라보았다.

"너 전에 종일 나노로봇 만들고 싶다고 했지? 가상 여행도 하고 싶다고 했고. 그거 이루어 주고 싶어서 한 내기란 말이야."

"뭐? 나를 위해서 그런 짓을 한다고?"

포타는 내기에서 꼭 이겨야 한다고 나를 설득했다.

"너 속상하게 했던 일 보상해 주고 싶었어. 너를 위해서라니까."

나는 바보처럼 고개를 끄덕였다. 머릿속에서 뭔가 잘못되었다는 것을 알고 있었다. 그렇지만 포타가 긴 팔로 나를 감쌌을 때 약속하고 말았다.

포타의 어깨에 기대면 아무 생각이 나지 않는다. 시험도 학교생활도 다 대수롭지 않다. 불을 지르고 위험한 내기를 하는 일이 포타에겐 안식일까. 나는 포타의 안식이 될 수 없는 것일까. 도대체

위험한 페르소나 167

왜……. 포타가 어르듯이 말했다.

"날 이해할 수 있는 사람은 너뿐이야."

나는 숨을 한 번 들이쉬고 물었다.

"그래. 뭘 하면 되는데?"

포타는 계획을 말했다. 휴머노이드 초소가 있는 곳과 감시 카메라를 피할 수 있는 곳까지 완벽하게 알고 있었다. 이런 걸 다 조사했다니. 사고를 내는 일에 여간 진심이 아니었다.

포타는 새벽 한 시에서 두 시 사이에 다리의 이용자가 많다는 사실도 알고 있었다.

"그때 하면 돼. 그럼 난리가 나겠지."

"포타, 그러다 누가 죽기라도 하면 어떡해."

포타를 위해 뭐든지 다 하겠다고 약속했다. 나는 그를 이해하는 단 한 사람이니까. 하지만 겁이 났다. 포타가 나를 안심시켰다.

"좁은 다리일 뿐이야. 사고는 나겠지만 죽을 정도는 아닐 거야."

"……."

"그 시간에 거길 왜 가겠어? 다 나쁜 놈들이야. 어차피 범죄자들일 뿐이라고."

지금 하려는 일도 범죄라는 말이 입안에 맴돌았지만 뱉을 수 없었다. 포타가 나를 모른 척한 지난 며칠 동안 내 마음은 지옥이었다. 다시 그런 경험을 할 수 없다. 나는 어떻게 도와야 할지 말해 달라고 했다. 포타가 신나서 대답했다.

"간단해. 다리 근처에 가서 신호를 교란하는 거야. 너 그 정도 프로그램은 만들 수 있지?"

프로그램을 만들라고? 그렇다면 범죄는 내가 저지르는 것이나 마찬가지다. 나는 말문이 막혔다. 포타가 나를 설득했다.

"약속했잖아. 날 실망시키지 마."

"어렵진 않지만 이게 알려지면……."

포타가 내 머리를 쓰다듬었다.

"여러 번 말했지. 내 계획은 완벽해. 머리 나쁜 놈들이나 잡히는 거야."

"……."

"제5지구로 향하는 다리라고. 거길 누가 신경 쓴다고 그래?"

포타는 프로그램을 제외한 나머지 일을 다 알아서 처리하겠다고 했다. 자기가 프로그램을 만들 수도 있지만 나에게 부탁하는 것이라는 말도 빼놓지 않았다.

포타는 늘 그런 식이었다. 자신이 잘한다는 말을 들어야 직성이 풀렸다. 칭찬받을 때마다 어린애처럼 웃었다. 겨우 화해한 마당에 괜히 포타의 심기를 건드릴 필요가 없었다. 나는 당연하다는 듯 대답했다.

"알아, 네가 프로그램 잘 만드는 거."

"그렇지."

짐작대로 포타가 기분 좋은 얼굴을 했다. 마음이 복잡했다.

포타는 일주일 뒤를 디데이로 정했다. 그동안 신호 교란 프로그램을 만들고, 혹시나 있을지 모를 위험에 대비해야 했다. 포타는 신호를 교란시킨 송출기는 그 자리에서 폭파해 버려야 한다고 했다.

"흔적이 남으면 안 되니까."

폭파. 나는 얼음이 되었다. 포타는 게임 프로그램을 짠다고 생각하라고 했다. 게임. 나는 조그맣게 입속으로 따라 했다. 적어도 포타는 진짜 게임이라고 여기고 있었다.

그날이 다가왔다.

학교에선 별일 없었다. 포타는 평소와 같이 나에게 다정했고 다른 아이들과 기분 좋게 떠들었다. 뭔가 현실 같지 않았다.

'지금이라도 그만둘까.'

신호를 망가뜨려 사고를 일으키다니. 몰래 불을 피우는 것과는 비교도 되지 않는 중대 범죄 행위다. 이 일이 발각되면 정말 끝장이다. 나 때문에 엄마 아빠까지 제1지구에서 추방당할지도 몰랐다. 안 하면 그만인데 포타 앞에서 입이 떨어지지 않았다.

포타는 틈틈이 무척 기대하고 있다고 속삭였다. 내 마음을 눈치챈 것일까. 아니면 정말 기대하고 있는지도 모른다. 불을 피웠을 때 포타의 얼굴은 환희로 가득했다. 포타를 기쁘게 해 주고 싶다. 하지만 이런 방법까지 써야 할까. 내 마음은 하루 종일 갈팡질팡했다.

학교를 마치고 포타는 플라잉 보드로 나를 내 방 발코니에 내려 주었다.

"이브와, 이따가 만나. 진짜 재미있을 거야."

"나 떨려서 죽을 것 같아. 넌 괜찮아?"

포타가 두 손으로 내 얼굴을 감쌌다.

"잊지 마. 넌 나를 이해하는 단 한 사람이라는 걸."

"알았어."

그만두자고 할 기회를 날려 버렸다. 자신을 이해하는 단 한 사람이라는 말은 몇 번을 들어도 너무나 달콤했다. 포타는 새벽 한 시에 네리러 오겠다는 말을 남기고 갔다.

나는 포타가 건네고 간 미등록 전파 송출기를 꽉 쥐었다. 교란 프로그램은 칩만 이식하면 바로 작동할 것이다. 입술이 부들부들 떨렸다.

내 방에서 일찍 잠든 척하면서 한 시가 되기를 기다렸다. 준비는 이미 다 끝냈다. 포타가 준비한 검정 티셔츠와 검정 바지는 특수 섬유로 된 옷이었다. 연합군인인 어머니의 옷을 슬쩍했다고 했다. 야간 순찰 휴머노이드 카메라에 절대 집히지 않는다나. 포타는 제5지구에 야간 순찰 휴머노이드가 있을 리 만무하지만 내가 안심하도록 준비했다며 자랑스러워했다.

포타 어머니의 옷은 내 몸에 잘 맞았다. 일부러 머리는 풀어 헤쳤다. 머리핀을 떨어뜨리는 것과 같은 실수를 반복할 수는 없다. 포타가 무척 화를 낼 것이다.

나는 침대에 앉아 무릎을 세우고 턱을 묻었다.

지난달만 해도 상상조차 못 할 일들이 벌어졌다. 포타와 사귀고 유전자를 변형했다. 밤에 몰래 빠져나가 불을 질렀던 건 아직도 믿어지지 않았다. 그것도 모자라 오늘은······.

"이브와."

아직 한 시가 되기 전인데 포타가 찾아왔다. 나는 발코니 문을 열어 주었다. 가로등 불빛과 함께 포타가 숨어들어 왔다. 포타 역시 검은색 특수복을 입고 있었다. 손목과 발목이 많이 드러났지만 마르고 긴 팔다리 때문에 얼핏 보면 발레리노 같았다. 내가 말했다.

"꼭 무용수 같아."

"어렸을 때 무용했어."

포타의 얼굴에 아쉬움이 스쳤다. 나는 손끝으로 포타의 조각 같은 얼굴을 건드렸다. 포타는 애써 웃어 보였지만 쓸쓸해 보였다. 포타가 속삭였다.

"난 점프하는 게 너무 좋았어. 날아가는 기분이었거든."

분명 포타의 무용은 근사했을 것이다. 지금 말하는 것으로 보아 포타는 무용을 무척 좋아했던 것 같았다. 내가 물었다.

"그런데 왜 그만뒀어?"

"아빠가 반대했어. 휴머노이드 무용수한테 밀릴 거라고."

포타가 어깨를 으쓱했다. 나는 휴머노이드가 테크닉이 좋고 부상에도 강하지만 감정을 전달하는 부분에선 인간을 따라올 수 없다고 했다. 포타는 내 말이 다 맞는다고 고개를 끄덕이면서도 이미 접은 꿈이라고 잘라 말했다. 포타가 무용을 계속했어도 이런 짓을 저지르고 다녔을까. 답은 알 수 없었다.

어느새 한 시가 되었다. 포타의 눈이 반짝 빛났다.

"가자."

우리는 플라잉 보드에 올랐다. 포타가 침착하게 속도를 낮추었다. 갑자기 속력을 높이면 의심을 살 수 있다고 했다.

"그래. 살살 가자."

내 목소리를 포타가 들었는지 모르겠다. 긴장으로 목이 탔다. 우리는 천천히 제4지구와 제5지구 경계선 근처로 향했다. 제4지구엔 크고 작은 집들이 많았다. 제1지구에서 못 보던 집 모양도 많았다. 포타가 은퇴한 예술가들이 많이 사는 동네라고 설명했다. 독특한 건축물 덕분에 거리가 예뻤다.

"여기서 하면 되겠다."

플라잉 보드가 제4지구 끝 낮은 언덕 위로 천천히 내려앉았다. 우리는 비탈길에 서서 까치발을 했다. 저 멀리 제5지구로 가는 다리가 보였다. 포타 말대로 지상으로 달리는 차들이 꽤 많았다. 포타가 중얼거렸다.

"이쯤에서 잘 보일 거야. 차들끼리 부딪치면 불꽃도 튀겠지."

두 번째 불을 지르던 날 포타가 했던 말이 떠올랐다.

'지금 가장 위험한 존재는 우리 둘이야.'

그땐 미처 이해하지 못했는데 사실이었다. 우리는 위험한 범죄자다. 왜 이렇게 되어 버린 것일까.

"포타."

나는 낮은 소리로 포타를 불렀다. 포타가 기대에 찬 얼굴로 나를 보았다.

"송출기 작동시켜. 지금이면 될 거야."

"정말 할 거야?"

내 목소리가 떨렸다. 바람에 머리카락이 마구 날렸다. 포타가 이리저리 흐트러진 내 머리를 가지런히 정리해 주었다.

"이브와, 간단해. 저 바보들이 우왕좌왕하는 동안 우린 그걸 지켜보면 되는 거지."

"다들 다칠 거야. 죽을지도 몰라."

포타가 얼굴을 찡그리고 툭 내뱉었다.

"왜 연설이야. 그냥 시키는 대로 해."

포타의 말투에 기분이 확 상했다. 나는 입술을 깨물었다. 포타가 짜증을 냈다.

"뭐 하고 있어? 빨리하라니까."

"그런 식으로 말하지 마."

내가 받아쳤다. 그리고 포타에게 이게 얼마나 큰 범죄인지 말했다. 포타는 크게 흥분했다.

"닥치고 시키는 대로 해! 멍청하게 망설이지 말고!"

닥치라고? 충격이었다. 포타는 세상 귀찮다는 표정으로 빨리하라는 손짓을 했다. 반려동물에게나 할 법한 손짓이었다. 나는 송출기를 들고 가만히 있었다. 포타가 재촉했다.

"비보야! 답답하게 굴지 마!"

내 감정 따윈 안중에도 없었다. 나는 포타 눈앞에서 송출기를 꺼내 밟아 버렸다.

"야! 너 미쳤어?"

포타가 소리치며 나를 밀었다. 우당탕. 나는 바닥에 나뒹굴었다. 차가운 흙바닥과 풀, 먼지의 감촉이 느껴졌다. 포타의 고함이 귓가에서 윙윙거렸다.

"미등록 송출기 구하느라 얼마나 고생했는데!"

나는 일어나지도 못한 채 포타의 목소리를 들었다. 포타는 내가 넘어지든지 말든지 관심 없었다. 나는 천천히 일어나서 몸에 묻은 먼지를 털었다. 상처가 난 손바닥과 무릎이 따끔거렸다. 포타가 눈에 불을 켜고 달려들었다.

"왜 이제 와서 일을 망쳐! 돈을 얼마나 날린 줄 알아?"

나는 똑바로 포타를 보았다. 포타는 분이 풀리지 않는지 내 어깨를 잡고 흔들었다. 다정하게 이해를 구하던 포타가 아니었다. 나는 포타를 떼어 낼 생각조차 하지 못했다. 내 몸이 종잇장처럼 이리저리 흔들렸다. 포타가 소리쳤다.

"너, 나랑 사귀고 싶은 거 아니야?"

툭. 내 머릿속에서 무엇인가 끊어지는 소리가 들렸다. 사귀기 위해 무슨 일이든 감수해야 하는 것일까. 나는 침착하려 애썼다.

"이런 일을 하지 않으면 사귈 수 없다는 거야?"

목소리가 떨렸다. 묻고 나니 며칠 동안 나를 괴롭힌 질문이었다는 것을 깨달았다. 아니 어쩌면 답을 알고 있었을 것이다. 포타의 말을 거부하면 우리는 끝이라는 것을. 포타가 날카롭게 나를 쳐다보았다.

"뭐야, 프로그램 하나 만들었다고 잘난 척이야? 이제 와서 왜 이래?"

"이제 와서라고? 난 계속 싫다고 했어."

우리는 한 치도 물러서지 않고 서로를 노려보았다. 포타는 내가 망가뜨린 송출기를 거칠게 집어던졌다. 나를 칠 수 없으니 화풀이를 하는 것 같았다. 포타가 빈정거렸다.

"날 이해한다면서! 다 거짓말이야?"

"넌 나 좋다는 거 다 거짓말이지?"

나도 모르게 쏟아 내 버렸다. 답을 듣고 싶지 않기도 했고 꼭 듣고 싶은 마음도 들었다. 나는 포타를 재촉했다.

"왜 대답 안 해? 불 지르고 사고 내러 같이 다니지 않으면 나랑 사귀기 싫은 거냐고!"

"날 좋아하잖아. 그러면 하자는 대로 다 해 줘야지! 이 정도는 아무것도 아니잖아!"

포타의 대답을 듣자 화가 울컥 치밀어 올랐다. 좋아하니까 마음대로 할 수 있을 거라 믿었을까. 그랬을지도 몰랐다. 만나는 내내 포타에게 홀려 있었으니까. 내가 가만히 있자 포타가 답답해했다.

"야! 내가 없으면 넌 아무것도 아니야! 누가 널 쳐다보기나 할 것 같아?"

똑똑히 들었지만 내 귀를 의심했다. 진심으로 좋아하는 사람에게 범죄를 부추기는 사람은 없다. 포타는 내가 필요했을 뿐이었다. 나는 비참한 심정으로 묵묵히 서 있었다. 포타의 말이 다시 날카롭게 꽂혔다.

위험한 페르소나 177

"내 여자 친구가 되어서 행복하잖아. 넌 날 거절 못 해."

포타를 거절하는 것. 상상 못 할 일이었다. 당당하고 자신감 있는 태도가 그 애를 더 빛나게 했다. 나에게 없는 면이라 더 매력적으로 느꼈을지도 모르겠다. 하지만 지금은 포타의 말을 들을수록 실망스러웠다. 그럼에도 불구하고 포타는 끊임없이 말을 이었다.

"생각해 봐. 어려운 일도 아니잖아. 내가 널 좋아해 준다니까."

대답할 힘도 없었다. 머릿속이 텅 빈 것만 같다. 침묵 사이로 나뭇잎에 바람이 스치는 소리만 맴돌았다.

포타가 작전을 바꾸어 부드러운 목소리를 냈다. 그리고 내 뺨을 쓰다듬었다.

"오늘 일은 넘어가 줄 테니까, 다시 할 수 있지?"

나는 포타의 손을 뿌리쳤다. 포타는 험악하게 얼굴을 찡그렸다. 나는 숨을 고르고 입을 열었다.

"너를 좋아한다고 날 함부로 대해도 되는 건 아니야."

"뭐?"

포타 목소리에 다시 날이 섰다. 평소 같았으면 포타의 기분을 풀어 주려고 애썼을 것이다. 하지만 지금은 아무래도 좋았다.

나는 포타를 내버려 두고 돌아섰다. 언덕길은 캄캄했다. 간혹 지나가는 플라잉 카의 불빛이 길을 비출 때마다 나무 그림자가 괴물처럼 아른아른했다. 하지만 무섭지 않았다. 괴물이 될 뻔한 나를 내가 구했으니까. 끔찍한 일에서 벗어났다는 안도감이 나를 감쌌다. 걸으면서 생각했다.

나는 앞으로 쭉 존재감 없이 지내겠지. 시간이 지나면 포타의 여자 친구였다는 사실도 희미해질 것이다.

상관없다. 인정받고 싶어서 다른 사람이 되는 것보다 아무도 모르는 나로 사는 것이 더 낫다는 것을 깨달았기 때문이다. 포타의 마음을 얻으려 온갖 짓을 다 해 봐야 망가지는 것은 나일 뿐이다. 진심이 그런 식으로 돌아올 리 없다.

"이브와."

포타가 플라잉 보드를 끌고 나를 따라왔다. 나는 뒤돌아보지 않았다.

"아!"

포타가 비명을 질렀다. 서둘러 언덕을 내려오다 넘어진 모양이었다. 때마침 지나가는 플라잉 카 불빛이 포타의 볼품없는 모습을 비추었다. 포타는 일어나려다 플라잉 보드에 걸려 다시 주저앉았다. 내가 처음으로 마음을 주었던 남자 친구가 쓰러져 있다.

포타는 나를 자기 플라잉 보드에 태울 때마다 어깨를 잘 잡으라고 했다. 헬멧이 하나밖에 없을 땐 나를 씌웠다. 왜 하필 지금 포타가 잘해 준 순간이 떠오르는 것일까. 이런 사이가 되지 않을 수는 없었을까. 나는 고개를 숙이고 있는 포타에게 다가가 손을 내밀었다.

"저리 치워."

포타는 내 손을 밀어냈다. 자존심이 상했는지 부르르 떨고 있었다. 내가 손을 내밀어 준 걸 놀리는 뜻으로 해석한 것 같다. 자신이 넘어진 것에 화가 났으면서 또 내 탓으로 돌리고 있었다.

문득 포타가 무용을 그만둔 이유가 의심스러워졌다. 누군가 반대한다고 자신이 좋아하는 일을 놓을 애가 아니다. 저렇게 비틀거리는 모습을 보니 답을 알 만했다. 무용을 했던 애치고 균형 감각이 너무 없었다. 오히려 아빠의 반대가 고마웠을지도 모른다. 포타는 자신의 모자람을 절대 인정하지 않는 애니까.

여기까지 생각에 미치자 포타가 조금도 근사해 보이지 않았다. 자신감 넘치고 당당한 모습 뒤로 열등감에 시달리는 남자애가 숨어 있었다. 나는 처음부터 혼자인 것처럼 걸었다.

"야! 이거 타고 가자!"

주섬주섬 일어난 포타가 나를 불러 댔다. 목소리가 울먹울먹했다. 마음대로 컨트롤할 수 없는 상황에 놓이자 한계에 다다른 것 같다. 그동안의 허세도 두려움을 감추기 위한 것이었을까.

사귄 지 한 달이 넘었지만 이제야 포타의 진짜 모습을 보았다. 그동안 나는 누구와 만났던 것일까. 모두가 부러워하던 눈부신 남자 친구는 어디에도 없었다. 화가 나고 속상한 마음만큼 환상의 민낯을 마주한 충격도 컸다.

"이브와! 네가 걸리면 나도 잡힌다고! 이거 타!"

포타의 목소리를 뒤로하고 언덕을 내려와 제4지구의 꼬불꼬불한 골목길을 걸었다. 이 밤을 빠져나가려면 무척 긴 시간이 필요할 것이다. 길은 끝없이 펼쳐져 있었다.

 나를 좋아해 준다는 사실에 감격해서 무조건 상대를 따르던 시절을 떠올리면서 이 작품을 썼다. 그때는 누군가의 대역이 되기도 했고 나를 잃어버리는 일도 있었다.
 많은 시행착오를 겪고 다행히 지금은 선 넘는 부탁을 거절할 줄 알고 상처 주는 이와의 관계를 끊을 수도 있는 사람으로 변했다.
 이 책을 읽는 친구들이 사랑 혹은 칭찬을 얻기 위해 애쓰지 않아도 자신은 충분히 소중한 사람이라는 것을 느꼈으면 좋겠다. 더불어 누군가 자신을 함부로 대하도록 내버려 두지 않기를 부탁한다. 우리 모두는 사랑받지 않더라도 존중받아야 마땅하다.

　_최상아

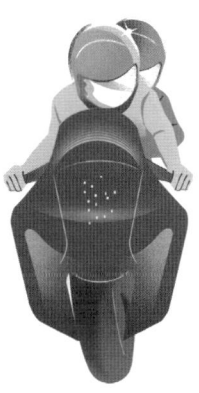

ⓒ 남유하 조규미 김명 한수언 최상아 2022

1판 1쇄 발행 2022년 6월 7일

지은이 남유하 조규미 김명 한수언 최상아
펴낸이 윤상열 | **기획편집** 염미희 최은영
디자인 김리영 | **마케팅** 윤선미 | **경영관리** 김미홍
펴낸곳 도서출판 그린북 | **출판등록** 1995년 1월 4일(제10-1086호)
주소 서울시 마포구 방울내로11길 23 두영빌딩 302호
전화 02-323-8030~1 | **팩스** 02-323-8797
이메일 gbook01@naver.com | **블로그** greenbook.kr

ISBN 978-89-5588-415-9 74810
ISBN 978-89-5588-946-8 (세트)

어린이제품안전특별법에 의한 표시
품명 어린이 도서 **제조국** 대한민국 **사용연령** 10세 이상 **주의사항** 책 모서리에 다치지 않도록 주의하세요